No *presente*

Dados Internacionais de Catalogação na Publicação (CIP)
(Câmara Brasileira do Livro, SP, Brasil)

El-Jaick, Márcio
    No presente / Márcio El-Jaick. São Paulo : GLS, 2008.

    ISBN 978-85-86755-51-4

    1. Homossexualismo 2. Romance brasileiro I. Título

08-07855   CDD-869.93

            Índice para catálogo sistemático:
    1. Romances : Literatura brasileira   869.93

Compre em lugar de fotocopiar.
Cada real que você dá por um livro recompensa seus autores
e os convida a produzir mais sobre o tema;
incentiva seus editores a encomendar, traduzir e publicar
outras obras sobre o assunto;
e paga aos livreiros por estocar e levar até você livros
para a sua informação e o seu entretenimento.
Cada real que você dá pela fotocópia não autorizada de um livro
financia um crime
e ajuda a matar a produção intelectual de seu país.

No presente

MÁRCIO EL-JAICK

NO PRESENTE
Copyright © 2008 by Márcio El-Jaick
Direitos desta edição reservados por Summus Editorial

Editora executiva: **Soraia Bini Cury**
Assistentes editoriais: **Bibiana Leme e Martha Lopes**
Capa, projeto gráfico e diagramação: **Gabrielly Silva**
Imagem da capa: **Lynne Lancaster**

Edições GLS
Departamento editorial:
Rua Itapicuru, 613 – 7º andar
05006-000 – São Paulo – SP
Fone: (11) 3862-3530
http://www.edgls.com.br
e-mail: gls@edgls.com.br

Atendimento ao consumidor:
Summus Editorial
Fone: (11) 3865-9890

Vendas por atacado:
Fone: (11) 3873-8638
Fax: (11) 3873-7085
e-mail: vendas@summus.com.br

Impresso no Brasil

Para meus pais

— O *porco* é fisicamente incapaz de olhar o céu.
 Isso o Ricardo me disse quando a gente estava voltando do enterro do tio Ivan no carro da mãe, que dirigia de óculos escuros apesar de não fazer sol.
 Eu tinha me comportado bem até então, segurado a minha onda, como diz o pai, mesmo quando a mãe e a tia Lídia e a vó se debruçaram sobre o caixão antes de o caixão ser levado para o lugar do cemitério onde o tio Ivan seria enterrado, ao lado do vô. E mesmo quando desceram o caixão com o tio Ivan dentro, e a mãe e a tia Lídia se abraçaram de um jeito que eu nunca tinha visto elas se abraçarem, uma encostando o pescoço no ombro da outra, como se elas fossem cair se não fizessem isso.
 Aí a vó me deu a mão e disse:
— Tudo bem?
 E fiz que sim com a cabeça, mas não conseguia tirar os olhos do caixão largado no fundo do buraco, bem junto das laterais de terra

molhada. E não conseguia pensar em nada direito, porque era como se eu estivesse no meio de um jogo novo, sem saber quais eram os obstáculos e o objetivo.

Então alguém atirou um pouco de terra no caixão, que foi como se desse autorização para que as outras pessoas fizessem o mesmo, e algumas pessoas jogaram flores, então a vó me ofereceu uma rosa para que eu também jogasse, mas sacudi a cabeça, e ela jogou a rosa, chegando muito perto da beira do buraco, e ficou parada ali como se tivesse descoberto um segredo, que era como se estivesse vendo o tio Ivan mexer a tampa do caixão, de modo que a vó parecia prestes a pular.

Aí puxei sua saia, e ela se virou para mim com os olhos bem estragados de lágrimas e disse:

— Tudo bem, meu amor?

O pai apareceu nessa hora, de terno e gravata, com o rosto branco e a boca meio aberta, como se não estivesse conseguindo respirar só pelo nariz. E abraçou a mãe e piscou o olho para mim.

Aí alguém começou a se afastar do buraco onde estava o caixão do tio Ivan, e de novo foi como se desse autorização para as outras pessoas fazerem o mesmo, e a vó e eu seguimos as pessoas, de mãos dadas.

Era a primeira vez que eu ia a um cemitério, porque o tio Ivan era a primeira pessoa que eu conhecia que morria, fora o vô, que morreu quando eu era muito novo, então não me lembro direito de como ele era, e é como se não valesse como Pessoa Que Eu Conhecia. E achei o cemitério bem mal-cuidado e pensei que não gostaria de passar a morte inteira naquele lugar.

Aí falei para a vó:

— Quando eu morrer, quero ser cremado.

E ela me apertou com força, de modo que pensei que eu tivesse dito alguma besteira, porque era como se a vó tivesse ficado com raiva, mas ela beijou a minha cabeça, e vi que eu não tinha dito nenhuma besteira.

──────(No presente)──────

Só que os túmulos chamavam a minha atenção mesmo quando eu me esforçava para não olhar para os lados, porque os túmulos pareciam tristes, embora eu saiba que as coisas não ficam tristes, porque só as pessoas e os bichos e talvez as plantas fiquem tristes, porque as plantas também são seres vivos, de modo que talvez fiquem tristes quando passam muito tempo sem ser regadas ou quando são levadas para morar longe da floresta, numa varanda.

Alguns túmulos eram lascados, e tinha lagartixas correndo por eles. E muitas cigarras gritavam como se estivessem reclamando do calor, ou de viver naquele cemitério, que era um cemitério empoeirado e feio.

E eu sabia que tinha que segurar a minha onda, mas mesmo assim perguntei à vó:

— O tio Ivan não quis ser cremado?

E, dessa vez, ela não me apertou nem beijou minha cabeça, o que eu preferia, e respondeu:

— Não, ele quis ficar com o seu avô.

Aí o pai nos alcançou no meio do caminho e despenteou o meu cabelo e perguntou:

— E aí, maestro?

Embora ele estivesse olhando para a vó.

E repeti:

— E aí?

Porque não conseguia pensar em mais nada para dizer.

Então o pai falou para a vó que sentia muito, e a vó respondeu fazendo que sim com a cabeça, e a gente continuou andando de volta ao portão. E comecei a ler os nomes gravados nos túmulos.

HELOÍSA FREIRE BARBOSA
ROBERTO MENDES
ALZIRA COSTA MENDES
MAURO BASTOS
CÉLIA NASCIMENTO CARDOSO

MIRIAM LOBIANCO
JORGE GARCIA FRANCO
IRENE MENDONÇA FRANCO

 E era sufocante pensar que aquelas pessoas um dia tinham existido e sentido frio e se divertido e estudado e criado bichos de estimação e chorado e matado o tempo e tido insônia e que agora estivessem enterradas para sempre, embora a vó já tivesse me explicado a diferença entre corpo e alma e eu soubesse que, na verdade, elas não estavam *mesmo* ali. Mas, de qualquer forma, era estranho.
 Quando chegamos ao portão, eu estava com enxaqueca.
 Esperei a mãe se aproximar com a tia Lídia e pedi um remédio, que ela me deu sem prestar atenção no que fazia, porque, se a mãe estivesse prestando atenção no que fazia, teria visto que eu não tinha água, de modo que não poderia tomar o remédio. Mas achei melhor não exigir demais dela, porque eu costumava exigir muito e isso era péssimo.
 Tentei controlar a enxaqueca pensando em coisas boas, como quando a gente vai para a casa da vó na serra ou quando o pai joga PlayStation comigo para distrair, porque a tia Lídia disse que é possível controlar a dor com o poder da mente, que é um poder grande que nem dá para imaginar. Mas não estava dando certo.
 Aí uma lagartixa apareceu no alto do primeiro túmulo e pareceu me encarar antes de entrar numa rachadura do concreto. E pensei que deve ser muito estranho ser uma lagartixa.
 Quando a gente entrou no carro, a parte de fora do remédio já tinha derretido na palma da minha mão, e era como se aquilo que o Ricardo tinha acabado de dizer sobre os porcos piorasse tudo, porque eu não tinha mais jeito de pensar em coisas boas e controlar a dor, por mais que tentasse me lembrar da *Odeon* e por mais que tentasse me lembrar de qualquer clipe da Melhor Cantora do Mundo, porque só conseguia pensar em chiqueiros.
 Aí abri a janela do carro e tentei respirar fundo algumas vezes, porque às vezes isso funcionava, e comecei a mexer os dedos nos joe-

lhos para acompanhar a *Odeon*, enxergando dentro da minha cabeça a partitura, que começa assim:

Mas os porcos atrapalhavam, sem poder olhar o céu, e, antes que eu desse por mim, soltei um grito de maluco que fez a mãe dar uma guinada no carro, e todo mundo se virou para mim. E a mãe perguntou:

— O que foi, André?

E respondi:

— Estou com dor de cabeça.

E ela voltou a olhar para a frente e suspirou, cheia de impaciência, que era como se estivesse contando até dez. E procurou meu rosto pelo retrovisor, mas eu me abaixei, para me esconder, e ela disse:

— Eu já não te dei o remédio?
E respondi:
— Não tinha água.
E ela suspirou mais uma vez e levantou a cabeça e parecia prestes a chorar de novo, mas a tia Lídia abriu a bolsa e pegou uma garrafinha de plástico.

Quando a mãe deixou a tia Lídia e o Ricardo na frente do prédio deles, passei para o banco da frente, onde às vezes era muito bom passear, mas naquele dia não foi, porque as ruas não sabiam da morte do tio Ivan, e era como se nós não fôssemos bem-vindos. Só me senti melhor quando chegamos em casa, que sabia da morte do tio Ivan muito antes de ele morrer.

※

Assim que fechei o caderno, o Wolfgang pulou no meu colo, e fiz carinho atrás da orelha dele, porque era uma coisa que ele adorava, e são poucas as coisas que os gatos adoram.

Por isso a vó prefere cachorro.

Mas o pai não concordava que a gente tivesse cachorro em apartamento e não queria nem gato, porque bicho dá trabalho e muita despesa, então, por ele, a gente só teria o Johann e a Clementina, que vivem em silêncio no aquário e não precisam de nada além das pitadas de comida, sem nunca ficar doentes. Mas o Wolfgang apareceu no carro da vó, porque ela deixava as janelas abertas quando estacionava na casa da serra, e foi o que o pai chama de "conspiração metafísica", o que quer dizer que nós não podíamos recusar.

A mãe bateu duas vezes na porta do meu quarto e entrou no meu quarto com o Nescau e deixou a xícara sobre o descanso de copo do Van Gogh, que foi um pintor holandês que não fez nenhum sucesso enquanto estava vivo e foi sustentado pelo irmão até se matar, aos 37 anos, que é uma história muito triste para alguém que fez coisas tão bonitas, como o quarto amarelo do descanso de copo.

·······(No presente)·······

Aí a mãe puxou o banco de madeira e se sentou ao meu lado e disse:
— Faz três dias que você não toca.
O Van Gogh era o que se chama de expressionista, que é alguém que pinta mais preocupado com o seu ponto de vista do que com o que está vendo. E eu gostava dos expressionistas.
A mãe perguntou:
— O que foi?
E respondi:
— Nada.
E ela perguntou:
— Você não quer tocar alguma coisa para a gente?
E respondi:
— Agora não.
E ela ficou olhando para mim por um bom tempo, aí olhou para o Wolfgang e passou a mão no focinho dele, e o Wolfgang desceu do meu colo porque ele não gosta que peguem no seu focinho. E agora eu não tinha onde botar as mãos.
Aí a mãe olhou para o meu caderno e ficou alisando a capa, mas não para tirar poeira, porque era só como se matasse o tempo enquanto pensava. E abriu na primeira página, e lembrei que talvez ainda desse para ler o BICHINHA que alguém tinha escrito a lápis, porque, por mais que eu tivesse apagado, as letras tinham ficado marcadas no papel, e eu quase não conseguia respirar direito, porque a mãe ia ficar muito aborrecida, e o que eu menos queria era que ela ficasse ainda mais aborrecida do que já estava por causa da morte do tio Ivan, apesar de eu saber que uma desgraça nunca vem só e de ela também saber disso, porque foi ela que me ensinou.
A mãe alisava o caderno sem olhar para ele nem para mim, como se estivesse brincando do jogo de não piscar, mas o estranho era que, quando a mãe brincava do jogo de não piscar, ela não conseguia ficar sem piscar tanto tempo, e eu sempre ganhava.
Aí ela olhou de repente para o caderno e perguntou:

— O que você está estudando?
E eu disse:
— Já acabei.
E ela começou a ler o alto da página e perguntou:
— O que você estava estudando?

De modo que eu queria que o telefone tocasse ou que o pai chegasse em casa ou que a Luzia batesse na porta, mas nada disso aconteceu. E respondi:
— História.

Aí a mãe ficou com os olhos bem grudados na página, mas não sei se estava lendo ou se estava só matando o tempo enquanto pensava, ou se tinha enxergado as letras marcadas e não sabia o que dizer.

E comecei a rezar na minha cabeça, pedindo a Deus que isso não tivesse acontecido e que não acontecesse, mesmo sem saber se era pecado rezar para pedir isso, porque a vó tinha dito que era pecado rezar para pedir besteira quando tinha tanta gente sofrendo com doenças sérias e passando fome, só que para mim não parecia besteira e corri o risco de cometer um pecado. De modo que fiz uma promessa, prometendo rezar vinte pais-nossos se a mãe não tivesse lido e não lesse o BICHINHA do caderno.

E a mãe perguntou:
— Você quer conversar?

E eu não sabia se ela estava se referindo ao BICHINHA do caderno, porque não sabia se ela tinha lido o BICHINHA do caderno, porque seu rosto não estava muito diferente de quando ela entrou no quarto. Mas eu não queria conversar sobre isso nem sobre nada e respondi:
— Não.

E ela fechou o caderno e despenteou o meu cabelo e perguntou:
— Amanhã você toca alguma coisa para mim?
E respondi:
— Talvez.
Aí ela disse:
— Não fica acordado até tarde.

―――(No *presente*)―――

Que é uma coisa que mãe diz.

E saiu do quarto. E não entendi se ela tinha lido o BICHINHA no caderno, o que era péssimo, porque eu não sabia se deveria pagar a promessa. E não sabia se ela tinha ficado ainda mais aborrecida do que já estava por causa da morte do tio Ivan. Então pensei que, mesmo que ela não tivesse lido, eu continuava intranqüilo, porque não tinha certeza, e isso era realmente horrível, de modo que só rezei dez pais-nossos. E prometi que rezaria os outros dez quando tivesse certeza.

Nessa noite, sonhei com uma fazenda muito grande, cheia de bichos, com montanhas cobertas de capim e árvores, onde todo mundo ria e era fácil se divertir. Mas eu não estava com as outras pessoas, rindo e me divertindo, porque estava no chiqueiro, pegando os porcos um por um para mostrar a eles o céu, de onde o tio Ivan nos dava tchau.

❧

Não era prova, era só uma argüição. E, de qualquer maneira, não fui sorteado, o que era um alívio, não porque eu não soubesse a matéria, e sim porque é muito ruim ficar de pé quando o resto da turma está sentado e é muito ruim ter que responder a umas perguntas para mostrar que: A) você é um idiota que passou a véspera estudando quando devia ter feito alguma coisa mais divertida, ou B) você é um idiota que não sabe responder nem às perguntas mais imbecis.

De modo que eu sempre sentia o rosto arder quando era sorteado, e era como se todo mundo estivesse só esperando eu cometer algum erro para rir, embora às vezes eu não cometesse nenhum erro e mesmo assim ouvisse risadas, o que era péssimo.

No fim da aula, a professora pediu para a turma ver um filme que era um filme que se passava no período que a gente estava estudando, e a professora disse que o filme era um desserviço à História, mas a gente precisava assistir para saber por que era um desserviço à História e para aprender a ver as coisas com um olhar crítico, que é o olhar de quem não fica só achando tudo bonito e verdadeiro, mas encontra defeitos e duvida.

Na semana anterior, nós tínhamos assistido a um filme que a professora disse que era "uma obra-prima irretocável", o que quer dizer que ela não tinha visto o filme com um olhar crítico, ou que existem coisas perfeitas afinal de contas, apesar de a vó garantir que perfeição não existe, só Deus.

O sinal tocou quando o Mateus me perguntava se a gente podia combinar de ver junto o filme. E eu disse:

— Por que não?

Que era o jeito como o tio Ivan respondia às perguntas, e isso me deixou com um nó na garganta.

No recreio, o Mateus me mostrou uma música de uma banda inglesa que ele achava da hora, e falei que era mesmo da hora, apesar de não ter achado da hora, porque toda amizade precisa de afinidades, que é quando as pessoas gostam das mesmas coisas, e, quando não existem muitas afinidades, a gente precisa trocar de amigos ou fingir que gosta das mesmas coisas, quando a pessoa tem outras qualidades como ser educada e gostar da gente.

Mas o Mateus gostava da Melhor Cantora do Mundo, o que compensava as afinidades que a gente não tinha.

Aí, no meio da segunda música da banda inglesa que o Mateus estava me mostrando, a Patrícia Machado veio me entregar um bilhete da Fernanda Dias, que não estava por perto. E a Patrícia Machado disse:

— Pra você.

E guardei o papel dobrado no bolso e continuei ouvindo a música, fingindo que estava realmente gostando e, no fim do CD, acho que fingi tão bem que acabei gostando de verdade. E pedi ao Mateus para fazer uma cópia para mim.

De qualquer jeito, a mãe e eu somos o que se chama ecléticos, que é quando a pessoa pode gostar de tudo.

Mas uma vez o pai disse:

────(*No presente*)────

— Você não gosta de pagode.
E falei:
— Não.
E ele disse:
— Você não gosta de axé.
E falei:
— Não.
E ele disse:
— Você não gosta de música sertaneja.
E falei:
— Não.
E ele concluiu:
— Você não é eclético.
E a mãe disse:
— Todo ecletismo tem limite.

Portanto é verdade que a mãe e eu somos ecléticos, embora a gente não goste de pagode, nem de axé, nem de música sertaneja.

Só li a carta da Fernanda Dias quando já estava em casa e fiquei acendido, apesar de a carta ser o de sempre, porque o de sempre, nesse caso, era muito bom.

E a Fernanda Dias dizia que eu estava bonito com o novo corte de cabelo, que na verdade não era novo, porque era o mesmo corte, só que recente, porque eu tinha cortado três dias antes e na véspera e na antevéspera eu não tinha ido ao colégio, por causa da morte e do enterro do tio Ivan, de modo que a Fernanda Dias ainda não tinha visto. E a Fernanda Dias dizia que me amava muito e que gostaria realmente que a gente se falasse, por mais que soubesse que nós éramos tímidos, porque a gente tinha que vencer a timidez.

Aí fiquei deitado olhando o teto, pensando que é muito bom amar e ser amado, que é como se isso preenchesse o que antes era só um espaço vazio. E fiz um pouco de festa no Wolfgang, para mostrar que ele era amado. Mas o Wolfgang desceu da cama e se deitou enroscado ao lado da porta.

(*Márcio El-Jaick*)

O Wolfgang se chama Wolfgang por causa do Wolfgang Amadeus Mozart, que foi um compositor austríaco que, na infância, foi um menino prodígio, o que quer dizer que tinha muito talento para uma criança, de modo que ele compôs sua primeira sinfonia aos 7 anos e uma ópera completa aos 12, o que foi bastante conveniente no fim das contas, porque ele morreu aos 35 e, nesse tempo, teve a chance de fazer muitas músicas, o que a vó diz que é uma dádiva para a humanidade.

Quando morreu, o Mozart foi enterrado numa vala comum, o que quer dizer que não tinha um espaço reservado só para ele, e o Mozart teve que dividir a eternidade com um monte de desconhecidos. Mas isso não deveria importar quando pensamos na diferença entre corpo e alma. De modo que é sempre um alívio quando pensamos na diferença entre corpo e alma.

Sentei de frente para a bancada e peguei um caderno pequeno e uma caneta preta e escrevi uma carta para a Fernanda Dias, dizendo que também gostaria que a gente se falasse, mas que sou muito tímido e que ela bem poderia fazer uma força também e não virar o rosto para baixo quando eu passava por ela, porque assim as coisas ficavam realmente mais difíceis.

Eu agora só escrevia cartas para a Fernanda Dias com papel e caneta, porque no começo eu tinha usado o computador, mas ela reclamou dizendo que preferia que eu escrevesse com a minha letra, porque não pareceria que era uma coisa qualquer, como um trabalho para o colégio ou um boletim, mas algo mais importante, e desde então eu escrevia sempre à mão, o que era incômodo, porque a gente não tem os recursos do computador, que apaga os erros e deixa tudo bem perto da perfeição, então de vez em quando tinha uma palavra rasurada, ou a letra ficava feia e eu não sabia se ela entenderia. Mas é verdade que eu também gostava de receber as cartas dela escritas à mão, porque aí eu podia ficar pensando não só no que as palavras diziam, mas também nas próprias palavras, porque ficava pensando na maneira como elas eram escritas, e se estavam escritas com caneta colorida, e às vezes perfumadas.

──────(No *presente*)──────

Aí escrevi que ela era linda e que eu amava ela e que pensava nela várias vezes por dia, o que fazia aqueles momentos ficarem mais especiais e felizes. E dobrei o papel e guardei na mochila.

E fui à cozinha para avisar à Luzia que iria à casa da tia Lídia e levaria o celular, para o caso de a mãe querer falar comigo no espaço de tempo em que eu estava a caminho da casa da tia Lídia ou voltando de lá, embora a tia Lídia more só a duas quadras de nós. Mas a Luzia estava fazendo sonho lindo, que é como a vó chama os bolinhos de chuva que ela faz e que tinha dado a receita para a gente, porque eu gostava.

Aí decidi esperar, sentado na mesa da cozinha.

E a Luzia perguntou:

— Você não quer tocar uma música enquanto não fica pronto?

E respondi:

— Não.

Porque não queria, e porque isso de ficarem me pedindo para tocar piano já estava me deixando de saco cheio.

E a Luzia disse:

— Ah, Belo, toca aquela que eu gosto.

Mas não respondi, porque só fiquei olhando as frutas de plástico na travessa da mesa e pensei que, se fosse pintor, eu não gostaria de pintar natureza-morta, que é quando a pessoa pinta coisas inanimadas como frutas numa travessa, porque natureza-morta é sem graça e dá um pouco de tédio, dependendo do dia. Ou então pintaria a natureza-morta do meu ponto de vista, que é quando coisas inanimadas como girassóis viram uma novidade, mas não sei se eu tenho um ponto de vista, que acho que é algo que poucas pessoas têm. E também não sei se é vantagem ter um ponto de vista se depois vamos dar um tiro no peito aos 37 anos, ou cortar uma orelha.

A Luzia gosta de me ouvir tocar e gosta quando ponho no aparelho de som a Melhor Cantora do Mundo e outros artistas. E a Luzia é mais eclética do que a mãe e eu, porque a Luzia também gosta de pagode e axé e música sertaneja, porque às vezes começa a tocar uma música de pagode ou de axé ou de música sertaneja numa estação de rádio ou num programa de auditório e, quando eu tiro, ela diz:

— Ah, Belo.

Mas eu finjo que não escuto, porque realmente não gosto e às vezes sou egoísta, que é quando a gente assume que a nossa vontade é mais importante do que a dos outros.

❦

A tia Lídia estava no ateliê, que é como ela chama o quarto que fica no fim do corredor, pintando uma tela que, para mim, já estava pronta, mas que ela disse que ainda precisava de muito trabalho, de modo que passava um tempão de frente para o quadro e de repente dava umas pinceladas, que pareciam estragar tudo, aí começava a retocar a partir das pinceladas, até o quadro ficar realmente melhor do que antes, o que era fascinante.

Não puxei assunto, porque ela estava com os olhos vermelhos e o rosto cansado, como se não dormisse há muitos anos e precisasse urgentemente de sono, e não de alguém puxando assunto.

Mas o telefone tocou, e ela bufou e jogou o pincel na caneca e disse:

— Oi, mamãe.

E eu soube que era a vó e fiquei aliviado, porque tinha certeza de que a vó melhoraria o humor dela, porque a vó tem o dom de dizer a coisa certa na hora certa. Mas, dessa vez, a vó com certeza disse uma coisa bem errada, porque a tia Lídia ficou mais nervosa do que já estava e ficou repetindo bem alto:

— Eu não concordo com isso.

E bateu o telefone e apoiou a testa na mão.

Aí o Ricardo apareceu correndo e perguntou:

— O que foi, mãe?

E ela custou a responder, mas respondeu:

— Sua avó está caducando.
E ele perguntou de novo:
— O que foi?
E ela olhou para mim e acendeu um cigarro e olhou para o Ricardo e disse:
— Bobagem.
Eu não sabia o que queria dizer "caducando", mas achei que não era hora de perguntar e continuei quieto.
Aí o Ricardo se aproximou da tia Lídia e afastou o cabelo dela dos olhos e pegou a mão dela, e era engraçado ver o Ricardo só de cueca no ateliê da tia Lídia, embora não fosse engraçado ver a tia Lídia precisando da ajuda do Ricardo, como se fosse filha dele, e não mãe.
O Ricardo disse:
— Vamos sentar.
E puxou a tia Lídia para o sofá vermelho e olhou para mim com um sorriso que era um sorriso de simpatia e disse:
— E aí, pirralho?
E eu disse:
— E aí.
Porque não conseguia pensar em mais nada para dizer. E porque estava vendo uma das bolas dele pela abertura da cueca e não sabia se deveria dizer isso a ele. Mas acabei não dizendo, e era engraçado ver uma das bolas dele pela abertura da cueca, porque a bola dele era grande e tinha pêlos.
A tia Lídia perguntou para mim:
— Onde está sua mãe?
E respondi:
— No trabalho.
Aí a tia Lídia se levantou e apertou alguns números no telefone e ia saindo do ateliê, mas voltou e disse:
— Caixa postal.
E se sentou de novo do lado do Ricardo, mas ainda não parecia estar tranquila, e isso era péssimo, porque a tia Lídia é a pessoa mais

tranqüila que eu conheço, e às vezes o pai diz que ela é zen-budista, apesar de a tia Lídia não ter religião.
Então falei:
— Gosto da tela nova, tia Lídia.
Porque queria que ela ficasse feliz e porque era verdade.
Aí ela sorriu e disse:
— Obrigada. — E deu uma tragada no cigarro e perguntou: — Você tem treinado?
E abaixei a cabeça e respondi:
— Não muito.
Que era uma meia verdade.
E ela perguntou:
— Por quê?
E respondi:
— Porque não estou com vontade.
Que era uma mentira completa. E fez eu me sentir mal, porque a última coisa que eu queria era mentir para a tia Lídia, ainda mais quando a tia Lídia estava precisando de ajuda, mesmo que essa ajuda fosse do filho e do sobrinho. Mas eu não podia admitir que não estava tocando piano porque um menino da escola tinha dito que tocar piano era coisa de mulherzinha e que era bem a minha cara tocar piano e que daqui a pouco eu começaria a dançar balé. E porque era verdade que nenhum outro menino da turma tocava piano e que várias meninas faziam aulas para aprender a tocar, e porque não adiantaria eu explicar ao menino que Mozart não era mulherzinha, apesar de tocar desde pequeno, porque uma vez eu tinha falado do Mozart com ele e ele tinha dito:
— Você é estranho.
Mas eu não queria conversar sobre nada disso agora com a tia Lídia nem com o Ricardo, aí voltei a puxar o assunto da tela e falei:
— Gostei da mistura do vermelho com o azul.
E ela sorriu para mim, apesar de não ser nem um sorriso de felicidade nem um sorriso de simpatia.

———————(*No presente*)———————

A tia Lídia faz arte abstrata, o que quer dizer que não está interessada em natureza-morta nem em nada do mundo real, mas no que ela chama de "a realidade do quadro", e talvez por isso seja difícil dar título às telas dela, porque é impossível batizar um quadro de *A ponte debaixo de chuva* ou *O velho moinho* quando não existe nenhuma ponte, debaixo ou não de chuva, e nenhum moinho, velho ou novo. E por isso ela geralmente batiza os quadros de *Sem título*, seguido de *I, II, III* etc., que antes eu achava da hora, mas agora já não acho tanto.

O telefone tocou. E, quando tia Lídia disse "Oi, Joana", eu soube que era a mãe e fiquei feliz, porque falar com a mãe era o que a tia Lídia queria.

Aí a tia Lídia saiu do ateliê, encostando a porta, e o Ricardo e eu já não conseguíamos escutar o que ela dizia. E o Ricardo perguntou:

— O que você tem aprontado, pirralho?

E era incômodo conversar com o Ricardo vendo uma das bolas dele pela abertura da cueca, ainda mais porque ele tinha aberto as pernas, e agora dava para ver mais ainda do que só uma das bolas. Mas não comentei nada disso com ele e só respondi:

— Nada.

E ele perguntou:

— O Dr. Veterinário quer saber mais uma Curiosidade do Mundo Animal?

E respondi:

— Quero.

Porque as curiosidades são o que torna o mundo interessante e porque o Ricardo diria de qualquer maneira.

E ele disse:

— A girafa dorme só duas horas por dia.

Devo ter feito uma cara engraçada, porque ele começou a rir. Mas eu estava pensando que dormir duas horas por dia só seria uma vantagem para a girafa se ela: A) tivesse mil afazeres, ou B) quisesse adquirir muitos conhecimentos. E não me parecia que fosse o caso.

À *noite, tinha* um e-mail do Ricardo com o assunto "Ao Dr. Veterinário" que dizia "Complemento à última curiosidade: o elefante também dorme só duas horas por dia". E pensei que isso era bom, porque aí as girafas e os elefantes podiam matar o tempo juntos. Mas depois, na cama, fiquei pensando que as girafas e os elefantes provavelmente estavam acordados àquela hora e imaginei o que estariam fazendo e não consegui pegar no sono e ficava rolando de um lado para outro, o que era péssimo. Aí tentei pensar na Fernanda Dias, porque isso me acalmava, mas não conseguia me concentrar em nada direito. E às vezes surgiam na minha cabeça uns momentos que eu tinha passado com o tio Ivan, e lembrei que o Ricardo tinha dito que, segundo um antigo manual inglês de unidades de medida, um momento dura noventa segundos. Aí lembrei do Ricardo e da abertura da cueca dele e pensei que, embora eu soubesse disso há séculos, era estranho pensar que todos os homens tinham bolas e que o pai tinha bolas e que o Mateus tinha bolas e que até homens improváveis como o Mozart tinham bolas.

Acendi a luz do abajur e fiquei olhando para o teto, então vi que o Johann e a Clementina também não pareciam estar dormindo e imaginei quanto tempo os peixes dormiriam por dia e pensei que seria bom perguntar isso ao Ricardo, aí levantei e joguei um pouco de comida no aquário, porque eles podiam estar com fome e porque eu gostava de ver quando eles subiam até a superfície para comer.

O Johann se chama Johann por causa do Johann Sebastian Bach, que foi um compositor alemão que perdeu a mãe aos 9 anos e o pai aos 10 anos e foi morar com um irmão que não acreditava no talento dele e não deixava ele estudar as partituras de um mestre que era seu padrinho. Então o Johann copiava escondido essas partituras à noite, e ler no escuro é péssimo para os olhos, de modo que ele morreu cego, aos 65 anos.

———————(*No presente*)———————

Aí me lembrei de uma coisa que o tio Ivan disse, que era que o Adolf Hitler, que foi um homem que exterminou muitas pessoas que tiveram o azar de nascer diferentes dele, era austríaco, como o Mozart, e virou ditador na Alemanha, que era o país do Bach, e o tio Ivan disse:

— Isso mostra que Deus e o diabo são tudo farinha do mesmo saco.

O que é assustador.

Clementina foi batizada pelo Maurício, que é o homem que alugava um quarto no apartamento do tio Ivan, porque ele achou que o reino animal da minha casa estava erudito demais e que precisava de um pouco de tempero nacional, então batizou a Clementina de Clementina por causa da Clementina de Jesus, que foi uma cantora de samba que antes de virar cantora de samba foi empregada doméstica por mais de vinte anos, começando sua carreira de artista só aos 63, o que eu acho que pode dar esperança a todo mundo que quer viver de ser artista, e por isso é bom nunca dar um tiro no peito aos 37 anos, por pior que estejam as coisas, porque tudo pode mudar e a gente nunca sabe.

Voltei para a cama e apaguei o abajur e pensei na última frase que o Van Gogh disse para o irmão antes de morrer, que foi *La tristesse durera toujours*, que é francês e significa "A tristeza durará para sempre" e isso me deu um nó na garganta e me fez pensar de novo no tio Ivan e, quando consultei o rádio-relógio, eram 2h47 e pensei *Merda*, que é uma palavra que eu só digo em pensamento, porque a mãe é totalmente contra o que ela chama de vocábulos chulos.

Foi pouco depois de consultar o rádio-relógio que ouvi o barulho de chave na porta e senti o coração bater muito rápido porque achei que fosse um ladrão, mas depois pensei que ladrão não usaria chave, a menos que fosse um ladrão chaveiro, o que era pouco provável, aí ouvi passos e me tranqüilizei, porque eram os passos do pai.

Ouvi o pai ir à cozinha e beber água e voltar e chegar bem perto da minha porta e abrir a porta e entrar no quarto. Mas fingi que estava dormindo, porque não era certo estar acordado até tão tarde. E ele se sentou na cama, e senti que seu hálito tinha cheiro de bebida. Mas ele não beijou a minha testa como costumava beijar nem nada, e pensei que talvez estivesse triste e pensei que talvez estivesse triste por causa do tio Ivan ou talvez estivesse triste por causa do BICHINHA que alguém tinha escrito no meu caderno, que a mãe podia ter lido e contado a ele.

O pai ficou muito tempo ali parado, e eu sentia uma vontade enorme de abrir os olhos, mas me segurei, porque, quando nos decidimos por uma coisa, é melhor ir até o fim, que era uma coisa que ele mesmo tinha me ensinado. Mas, antes de sair do quarto, o pai me deu um beijo na testa, e pensei que: A) a mãe não tinha contado nada a ele, porque não tinha lido, ou B) a mãe não tinha contado nada a ele, apesar de ter lido, ou C) a mãe tinha contado a ele, e ele estava com pena de mim, e rezei para que Deus fizesse que a alternativa C não fosse a alternativa verdadeira, porque o pai ter pena de mim era a última coisa que eu queria, porque eu preferia até que ele tivesse raiva.

Eu estava com enxaqueca. Tomei um comprimido com o resto da água que estava sobre o descanso de copo do *Quarto em Arles*, que é uma cidadezinha francesa, e peguei a partitura de *La Plus que Lente*, do Claude Debussy, que foi um compositor também francês que não sei se conheceu Arles, aí fiquei cantarolando a melodia porque isso costumava me acalmar e foi assim que dormi.

No dia seguinte, a Luzia me acordou às 6h30, como de costume, dizendo:

— Acorda, Belo.

Como de costume.

E ainda fiquei um pouco na cama, cheio de preguiça, e pensei que, se as girafas e os elefantes tivessem dormido no mesmo instante que eu, já estariam acordados há uma hora, o que era um tipo de consolo.

―――(*No presente*)―――

Comecei a achar que a vó tinha perdido o dom de dizer a coisa certa na hora certa, porque ela telefonou para a mãe, e eu estava na sala, então ouvi o que a mãe dizia, e o que a mãe dizia era:
— Oi, mãe [...] A Lídia me falou [...] Não quero me meter nessa história [...] Porque já tenho problemas suficientes [...] Não sei se você tem razão [...] Então faça o que achar melhor.

E bateu o telefone do mesmo jeito que a tia Lídia, só que com menos força, e olhou para mim.

Aí fiquei pensando na conversa da mãe com a vó e já não conseguia me lembrar se a mãe tinha olhado para mim quando disse "Tenho problemas suficientes", só que uma parte de mim achava que tinha, e isso talvez quisesse dizer o pior.

Eu estava ouvindo o CD da banda inglesa que o Mateus tinha gravado para mim, deitado no sofá, brincando de fantasiar, que era quando imaginava que o Mateus e eu éramos populares no colégio, e a Fernanda Dias e eu éramos namorados de verdade, que a gente se falava e se beijava, e não só trocava cartas, como aquela que eu tinha pedido ao Mateus para entregar a ela de manhã, na hora em que fui ao banheiro. E que depois fiquei querendo saber como tinha sido.

Quando acabou a aula, o Mateus me contou como ele entregou a carta e que a Fernanda Dias sorriu, e perguntei se ela sorriu muito ou pouco, e ele disse que muito e que ela agradeceu, e perguntei agradeceu como, e ele respondeu que dizendo obrigada, e a gente estava conversando sobre isso quando dois meninos da turma passaram por nós e um deles disse:
— Qual é, nerd?

Que era como eles chamavam o Mateus. E fiquei contente por não terem implicado comigo, apesar de estar triste por terem implicado com o Mateus, porque ele não gostava do apelido que tinham dado a ele porque ele tira boas notas, usa óculos, gosta de matemática e quer fazer informática quando crescer, o que é mais uma afinidade que nós não temos. Porque eu quero ser veterinário, que é uma profissão mais plausível do que pianista, que era o que eu queria ser antes de desistir de tocar piano e antes de a mãe dizer que eu podia tocar piano por hobby, mas que a gente mora no Brasil e que eu precisava de uma profissão mais segura.

O que a mãe realmente queria que eu fizesse era concurso do MP, para ser promotor público e ganhar dinheiro e ter a vida garantida, que é uma coisa para a qual eu não dou valor agora, mas vou dar no futuro, só que a mãe disse que não me obrigaria a fazer nada que eu não quisesse, então nós acertamos que veterinário seria o que ela chamou de "um meio-termo justo".

Eu quero ser veterinário porque gosto dos animais, apesar de não gostar de sangue nem de doença nem de ver os animais sofrendo, mas, segundo o tio Ivan, que era médico pediatra antes de morrer, a gente se acostuma com essas coisas e é muito gratificante quando a gente vê a melhora de quem estava doente, embora seja triste quando não existe melhora.

Depois da conversa da vó com a mãe pelo telefone, e depois de eu pensar se ela tinha ou não olhado para mim quando dizia "Tenho problemas suficientes", a Luzia apareceu na sala com um tabuleiro de bolo de cenoura, que ela tinha acabado de fazer, e disse:

— Você precisa comer, Belo.

E comi um pedaço.

Quando o CD da banda inglesa acabou, liguei a televisão, e a Luzia se sentou ao meu lado e ficou vendo a programação dos canais comigo, porque não estava passando nada de que eu gostasse e eu ficava apertando o controle remoto e mudando de canal, que era algo que incomodava muito a maioria das pessoas, como a mãe e o pai e a vó, mas a Luzia não reclamava e, de vez em quando, fazia um comentário sobre o que passava na tela, como "Que vestido lindo!" ou "Que horror!" ou "Esse homem é um Deus!", que é algo que ela dizia bastante.

Não sei se é pecado dizer que alguém é um Deus, mas talvez não seja, porque, segundo a vó, Deus criou o homem à sua imagem e semelhança. Mas é estranho pensar que Deus criou o homem à

―――(No presente)―――

sua imagem e semelhança, porque, quando a gente diz "homem", também está se referindo às mulheres, e, além disso, existem muitas pessoas na Terra, e existem os brancos, os negros, os índios, os orientais, os altos, os baixos, os corcundas, os gordos, os magros, os feios, os bonitos, os anões, os jovens, os velhos, e Deus teria que ser igual a todos eles, porque todos são seus filhos e são sua imagem e semelhança.

Aí pensei que o único jeito de Deus ser igual a todos eles seria se Ele fosse como a Mística, do X-Men, que é o Melhor Desenho Animado do Mundo, que conta a história dos mutantes que são perseguidos pelos homens comuns porque são mutantes, e a gente costuma perseguir o que é diferente, como Hitler perseguiu quem era diferente dele quando foi ditador na Alemanha, e cada mutante tem uma habilidade, como o poder sobre os metais ou o poder de arrancar a vida de alguém só de tocar nele ou o poder de se transformar em todas as pessoas, que era o poder da Mística.

Um dia, Mateus e eu e outros colegas da escola estávamos conversando sobre o X-Men, e alguém perguntou:

— Se você fosse um mutante, que mutante você seria?

E eu queria responder a Mística, porque seria muito bom poder ser quem eu quisesse e porque eu não precisaria ser só eu, que às vezes cansa. Mas achei que os meninos implicariam comigo, e a última coisa que eu queria era que implicassem comigo, aí respondi o Ciclope.

Luzia me ofereceu o tabuleiro de bolo de cenoura mais uma vez, para eu repetir, mas eu já estava cheio e recusei. E ela disse:

— Você precisa comer, Belo. Senão vai perder as belas pernas.

Eu gostava quando ela dizia que eu tinha "belas pernas" e sorri mesmo sem estar com vontade de sorrir. E olhei para ela e perguntei:

— O que é caducar?

E ela respondeu:

— É quando alguém já está variando.

O que não me ajudou muito.

Ela foi para a cozinha, e procurei o Wolfgang para ver se ele estava bem, apesar de saber que ele estava bem. Mas às vezes é bom conferir se alguém está bem, mesmo sabendo que está. Aí pensei em perguntar à mãe o que era caducar, mas vi que a porta do escritório estava fechada, o que significava que ela estava trabalhando, e eu não queria exigir dela interrompendo o trabalho.

Fui para o quarto, mas não queria nem dormir nem estudar nem jogar PlayStation nem ouvir música nem ver um DVD. Eu queria tocar piano, porque essa era a hora do dia em que eu treinava, e agora que não estava treinando era como se tivesse um buraco que eu não sabia como encher. Aí tentei brincar de fantasiar, mas já tinha brincado de fantasiar tudo que tinha para fantasiar no sofá da sala e estava cansado disso e não queria mais pensar, porque senão acabaria pensando em vários momentos que passei com o tio Ivan e sentiria um nó na garganta e também estava cansado disso. Aí fiquei realmente com pena das girafas e dos elefantes, porque eles não tinham nenhum hobby, como tocar piano, e o tempo custa muito a passar quando a gente não faz nada, que é o que eles fazem.

ಞ

Na sexta-feira, o Mateus foi para a minha casa, porque nós tínhamos combinado de assistir juntos ao filme que a professora de história pediu para a gente ver, e sugeri que ele poderia dormir na minha casa, e ele pediu à mãe dele, e ela deixou, de modo que eu estava animado, porque o Mateus nunca tinha dormido na minha casa e a gente poderia ficar acordado até tarde conversando, jogando ou ouvindo música, o que era da hora.

O filme que a professora de história tinha pedido para a gente ver, e que era um desserviço à História, era engraçado. E o Mateus e eu nos divertimos muito e rimos tanto que a mãe uma hora veio ver do que a gente estava rindo e aí sorriu para mim um sorriso de simpatia que nem precisei retribuir, porque já estava sorrindo um sorriso que, na verdade, era uma risada.

Mas nós provavelmente não vimos o filme com um olhar crítico, o que poderia ser péssimo.

O pai ainda não tinha chegado na hora do jantar, e nós três jantamos sem ele, e acho que a mãe gostava do Mateus, embora talvez achasse que ele era um nerd, por causa dos óculos e por causa da timidez, que fazia ele dar respostas engraçadas, como quando a mãe perguntou:
— Você gosta de abóbora?
E ele disse:
— Só para olhar.
Ou quando ela perguntou:
— Sua mãe faz o quê?
E ele disse:
— Sustenta a gente.

Depois do jantar, a mãe arrumou o colchão dele ao lado da minha cama e foi para o escritório, e o Mateus e eu ficamos conversando sobre a Fernanda Dias e a Carolina Fraga, que era a namorada que o Mateus queria ter, embora ela nem soubesse o nome dele, porque estava uma série à nossa frente e porque era uma das meninas mais populares do colégio, que todos os meninos paqueravam, porque tinha olhos azuis e parecia atriz de cinema.

Nós conversamos até ficar realmente cansados, que foi quando o Mateus tirou a roupa para botar o pijama, e eu vi que, apesar de parecer muito magro quando estava vestido, ele não era tão magro assim e tinha o corpo já formado como os meninos mais velhos, e isso me surpreendeu. E tive mais uma noite de girafa e elefante.

Mas dessa vez foi diferente, porque eu não ficava pensando em uma porção de coisas, mas só nisso de o corpo do Mateus já ser formado como o dos meninos mais velhos, e eu não sabia se estava com inveja, o que talvez fosse o caso, porque o meu corpo era muito infantil, embora eu nunca tivesse parado para pensar nisso, mas agora que estava parando para pensar, o meu corpo era muito infantil e eu me sentia numa espécie de desvantagem.

Mateus roncava baixo no colchão e às vezes se mexia e afastava o lençol, de modo que dava para ver o corpo dele debaixo do pijama, porque a escuridão do meu quarto nunca é uma escuridão totalmente escura, por causa da luz do aquário. E comecei a pensar de novo naquilo de que todos os homens têm bolas, e pensei que o Mateus tinha bolas e fiquei curioso para saber como seriam as bolas dele. E me lembrei das bolas do Ricardo, que certamente eram maiores do que as bolas do Mateus. E senti que meu pinto estava duro.

Aí pensei que, se Deus fez o homem à sua imagem e semelhança, e se esse "homem" é um modo de dizer, porque também inclui as mulheres, e se existem tantas pessoas diferentes no mundo, com tantas características diferentes e desejos diferentes, e se Deus é todas essas pessoas, com todas essas características e esses desejos, então Deus também era eu e também sentia o desejo que eu estava sentindo de tocar o corpo do Mateus. Mas esse pensamento me deixou mais culpado.

O Mateus roncava no colchão, e chamei seu nome, primeiro num cochicho, depois com a voz normal. Mas ele continuou roncando, e deixei o braço pender da cama, como se fosse acidental e eu estivesse dormindo, e minha mão tocou a barriga dele, e meu coração começou a bater na garganta, e meu corpo inteiro esquentou. E era como se eu estivesse flutuando na minha cabeça.

Apesar de eu tocar a barriga dele por cima do pijama, dava para sentir que a barriga dele era quente e dava para sentir sua respiração, que era quase tranqüilizadora, porque era um ritmo de paz que estava longe de ser o ritmo da minha respiração, que era o ritmo de quem está em apuros ou o ritmo de quem sabe que vai estar.

Mexi o braço, para conseguir tocar a barriga dele de um jeito melhor, que era com mais contato, e fiquei muito tempo parado, escutando o ronco dele, aí deslizei a mão para baixo, e era como se minha cabeça estivesse viajando na velocidade da luz e eu sentia como

·······(No presente)·······

se estivesse caindo num poço, embora estivesse parado, e botei a mão nas bolas dele e senti que eram maiores do que as minhas, mas não maiores do que as do Ricardo, porque o Ricardo tinha 17 anos. Mas o pinto e as bolas do Mateus eram quentes como a barriga dele, e eu tocava muito de leve por cima do pijama, mas dava para sentir o calor, que também era um calor de paz, como se eu estivesse numa tempestade de neve e o pinto e as bolas dele fossem uma caverna.

O Mateus roncava no colchão, e uma parte de mim queria que ele estivesse acordado e roncando de mentira, e outra parte queria que ele estivesse dormindo mesmo e roncando para valer, e outra parte queria que eu estivesse dormindo e nada disso estivesse acontecendo.

Mas a verdade era que ele estava dormindo mesmo e roncando para valer, porque: A) se ele estivesse acordado, o pinto dele estaria duro, porque ele não deixaria eu tocar o pinto e as bolas dele se não estivesse gostando, e B) eu certamente não estava dormindo.

Pensei que podia estar enlouquecendo e pensei que, se estivesse enlouquecendo, poderiam me botar num asilo, que foi uma coisa que fizeram com o Van Gogh e que não resolveu o problema dele, porque ele acabou dando um tiro no peito aos 37 anos, e, embora eu saiba que 37 anos é velho, ele poderia ter vivido para ficar ainda mais velho. Mas pensei que eu podia estar enlouquecendo porque agora queria botar a mão no pinto e nas bolas do Mateus por baixo do pijama e, quando toquei a pele da barriga dele foi de novo como se eu estivesse caindo de um lugar muito alto, e era bom, mas também era ruim, porque era um pouco como uma aflição.

Eu ficava olhando para o rosto do Mateus, e ele roncava e às vezes se mexia, e então eu ficava imóvel e fechava os olhos, para fingir que estava dormindo, embora eu soubesse que, se o Mateus acordasse, ele saberia que a minha mão não tinha ido parar debaixo do seu pijama por vontade própria, ou talvez eu pudesse alegar que minha mão era sonâmbula, mas nada disso tinha muita importância agora, porque a única coisa que tinha importância era a vontade de botar a mão no pinto e nas bolas do Mateus por baixo do pijama, e, quando isso finalmente aconteceu, foi como ouvir uma notícia boa.

Aí ouvi o barulho de chave na porta e tirei a mão rápido de dentro do pijama do Mateus, e ele se mexeu no colchão e pensei que ele tinha acordado e pensei um vocábulo chulo, mas o Mateus não tinha acordado, e fechei os olhos e ouvi os passos do pai. E ouvi ele ir até a cozinha e voltar e chegar bem perto da minha porta e abrir a porta, só que dessa vez ele não entrou, e não pude sentir se o hálito dele tinha cheiro de bebida, e ele não pôde me dar um beijo na testa, que agora seria uma coisa que eu gostaria muito que ele fizesse, mesmo que fosse por pena.

Aí pensei que isso de o pai chegar na hora em que eu tinha botado a mão no pinto e nas bolas do Mateus por baixo do pijama era um sinal e que eu deveria parar com aquilo de uma vez. E fiquei olhando para o teto durante muito tempo, embora às vezes olhasse para o Mateus e quisesse tocar de novo a pele dele e sentir o calor do corpo dele, porque agora eu estava sozinho na tempestade de neve, sem uma caverna.

E rezei para conseguir dormir, porque dormindo tudo estaria resolvido, mas parecia que eu nunca mais conseguiria dormir, porque ainda sentia o coração bater rápido e ainda estava com os olhos abertos, sem sono nenhum, e poderia muito bem fazer flexões, se quisesse, embora eu detestasse fazer flexões, porque tinha energia para fazer o que fosse, e isso seria ótimo em outras circunstâncias, mas agora não era.

Na manhã seguinte, descobri que eu tinha conseguido dormir afinal de contas. Mas não sabia como poderia olhar para o Mateus de novo.

❦

Van Gogh só vendeu um quadro quando estava vivo, e o quadro se chama A *vinha encarnada*, que é a ilustração do meu mouse pad,

(*No presente*)

que foi um presente que o tio Ivan trouxe para mim quando voltou da Holanda, porque o tio Ivan gostava de viajar e gostava de trazer presentes, como o jogo de descansos de copo e o mouse pad. Mas é difícil imaginar que o Van Gogh só vendeu um quadro quando estava vivo e que hoje ele seria muito rico com a venda dos seus quadros e que poderia morar de frente para qualquer praia do mundo, se ele gostasse de praia e se não se importasse de a maresia comer os móveis.

Ao contrário do Van Gogh, tia Lídia já vendeu vários quadros e diz que, sempre que vende um quadro, é uma vitória e uma tristeza, mas acho que ela deveria se concentrar na vitória e esquecer a tristeza, porque triste deve ser vender só um quadro na sua vida inteira e não poder pagar nem uma pensão barata em Arles. Mas a gente não sabe se a tia Lídia vai vender muitos quadros depois de morrer, porque sempre existe o que o pai chama de elemento-surpresa, que é uma coisa que dá graça à vida.

E é muito bom quando o elemento-surpresa é um elemento-surpresa positivo, como quando a gente descobre que os quadros eram mesmo bonitos e que as pessoas é que não estavam prontas para aquela beleza, ou quando a gente acha que nunca mais vai poder olhar para alguém e descobre que vai, porque não é tão difícil quanto a gente tinha pensado. Como quando eu pensei que nunca mais poderia olhar para o Mateus, e o Mateus acordou e botou os óculos e disse:

— Fechando a Cúpula do Trovão!

Que era uma brincadeira que a gente fazia, como se fechasse uma cúpula transparente que nos isolava do mundo. E nós começamos a rir, e a Luzia chegou com o Nescau, e fomos jogar PlayStation e, quando dei por mim, já não estava mais preocupado, porque era como se o Mateus de todos os dias e o Mateus da noite anterior fossem dois Mateus diferentes, e eu podia brincar e conversar com o Mateus de todos os dias normalmente, embora às vezes reparasse no peito dele e nas pernas dele e me lembrasse do corpo que eu tinha visto na noite anterior, que já era formado como o dos meninos maiores. E às vezes isso me deixava de pinto duro.

A mãe e o padrasto do Mateus buscaram o Mateus antes do almoço, porque eles passariam o fim de semana na serra, e fiquei no quarto ouvindo a Melhor Cantora do Mundo e vendo o meu caderno de recortes da Melhor Cantora do Mundo, onde guardo tudo que sai nos jornais e nas revistas a respeito dela, então a Luzia bateu na porta e entrou no quarto e disse:
— O que você está fazendo, Belo?
E respondi:
— Ouvindo música e vendo o Álbum.
Que é como eu chamo o caderno de recortes.
E ela disse:
— O almoço está pronto. — E ficou olhando para mim e perguntou: — Você vai sair à tarde?
E respondi:
— Não.
E ela olhou para fora e disse:
— Está um sol maravilhoso.

Fui até a janela e olhei o céu, e realmente o céu estava de um azul impressionante, tão forte que era como se fosse pintado no teto do mundo, aí pensei nos porcos e voltei para a cama.

Mas a Luzia disse:
— Vamos, sua mãe e seu pai já devem estar na sala.

E segui a Luzia até a sala e me sentei no meu lugar, que é de frente para a mãe, porque o pai fica na cabeceira, que é o lugar dos pais. E o almoço era nhoque de galinha com molho branco.

Lembrei do que o Ricardo me disse uma vez, que no mundo tem mais galinhas do que pessoas, e pensei que, se as galinhas tivessem um mínimo de inteligência, poderiam se reunir para dominar o mundo e, por vingança, talvez nos botassem em galinheiros, que poderiam chamar de humaneiros, e talvez nos servissem no almoço com molho branco, o que era uma idéia assustadora.

........(No *presente*).........

Eu estava sem fome, mas não podia brincar com a comida, que era a única coisa que eu queria fazer com o nhoque, mas era terminantemente proibido, e comecei a comer devagar, para enganar o corpo, que estava decidido a fazer oposição.

O pai estava calado, e a mãe estava calada, e era horrível almoçar num silêncio tão grande quando a gente estava almoçando junto, porque almoçar em silêncio só é bom quando a gente almoça sozinho, e mesmo assim às vezes é melhor ligar a televisão, para não ouvir o barulho de comida sendo mastigada, ainda mais quando a pessoa não sabe comer direito, que é o meu caso, porque o pai sempre reclama disso e eu não aprendo.

Mas nesse dia ele não reclamou, e a única coisa que ele disse durante o almoço inteiro foi:

— Passa o sal?

E a mãe passou, e ele disse:

— Está uma delícia.

E a mãe disse:

— Um-hum.

Aí, quando a gente terminou, a mãe se virou para mim e perguntou:

— Quer ir ao cinema mais tarde?

E respondi:

— Por que não?

E senti um arrependimento, porque ela talvez ficasse triste se lembrando do tio Ivan, e eu não queria que a mãe ficasse triste, mas ela pareceu não ouvir a resposta e botou o jornal na minha frente e disse:

— Esse ou esse?

Li as duas alternativas que ela estava me mostrando, e uma era uma comédia romântica americana e a outra era a versão cinematográfica de um clássico da literatura, mas eu não sabia qual escolher e respondi:

— Tanto faz.

E fomos ver a versão cinematográfica do clássico de literatura. Depois de comprar os ingressos, a mãe comprou refrigerante e pipoca para a gente, porque o pai não estava, porque o pai é contra pipoca no cinema, por causa do barulho. E passamos a primeira meia hora do filme comendo e foi ótimo, mas depois a versão cinematográfica do clássico de literatura me deu sono e acabei dormindo.

Mas não devo ter perdido nada de mais, porque quando acabou o filme a mãe reclamou de tudo, desde o desempenho dos atores até a mão pesada do diretor, e disse que os jornais de hoje não servem nem para orientar o leitor na escolha dos filmes e que só servem para dar notícias ruins e transformar o mundo num lugar realmente impossível.

A mãe falava com tanta raiva que pensei que talvez estivesse irritada comigo, porque eu tinha dormido durante o filme, ou talvez porque ela tivesse mesmo lido a palavra BICHINHA no caderno, o que seria realmente péssimo, mas não era comigo, porque chegou uma hora em que ela parou de falar de repente e fechou os olhos por alguns segundos e sacudiu a cabeça, aí disse:

— Desculpe. — E despenteou meu cabelo e disse: — Eu ando nervosa.

Então falei:

— Não tem problema.

E a mãe fechou os olhos por mais alguns segundos, e os olhos estavam vermelhos quando ela voltou a abrir. E ela disse:

— Que tal um sundae?

E eu ia responder "Por que não?", mas me segurei a tempo e respondi:

— Seria da hora.

E fomos tomar sundae.

E durante todo o tempo que passamos tomando sundae fiquei pensando em como seria bom se eu pudesse ser como o professor Xavier, que é outro mutante do Melhor Desenho Animado do Mundo, porque o professor Xavier tem o poder de entrar na mente das

(No presente)

pessoas e ler os pensamentos, o que, por si só, já seria ótimo, mas ele também pode controlar a mente das pessoas para que elas pensem o que ele quiser, e pensei que eu não deveria ter respondido Ciclope quando me perguntaram qual o personagem que eu queria ser, porque eu deveria ter respondido professor Xavier, já que não podia responder Mística.

E fiquei aquele tempo todo pensando em como seria bom ser como o professor Xavier, porque aí eu poderia saber no que a mãe estava pensando quando ficava olhando durante muito tempo para o sorvete, como se estivesse hipnotizada, e poderia mudar o pensamento dela, se o pensamento dela fosse um pensamento ruim, o que parecia ser o caso, porque ela estava com cara de que tem um nó na garganta.

Quando a gente acabou o sundae, ela perguntou:

— Por que você não tem tocado piano?

E olhei para ela, mas desviei os olhos, porque parecia que quem tinha o poder do professor Xavier era a mãe, e era como se ela pudesse ler a minha mente e descobrir o que quisesse. Mas eu sabia que isso não era verdade, porque se fosse verdade ela não estaria perguntando, porque ela já saberia a resposta. E, apesar de ser errado mentir, falei:

— Cansei. Decidi dar um tempo.

Porque o tio Ivan dizia que, quando a mentira é uma boa ação, não é pecado. E achei que, nesse caso, mentir era uma boa ação, porque a mãe não precisaria ficar com o nó na garganta ainda mais apertado.

❦

A verdade era que eu queria tocar piano e, às vezes, ficava dedilhando a perna e imaginando o som, porque a vontade era mais forte do que eu e porque as músicas entravam na minha cabeça e não saíam, por mais que eu me esforçasse, e, quando eu finalmente conseguia expulsar as músicas, acabava pensando no tio Ivan, o que era pior.

E uma das músicas que não me saíam da cabeça era *Melodia*, da ópera *Orfeu e Eurídice*, de Christoph Willibald Gluck, que, assim como Bach, foi um compositor alemão. E a ópera conta a história de Orfeu, que desce ao mundo subterrâneo para buscar Eurídice, que é a mulher que ele ama e que foi morta pela picada de uma cobra, e Hades, que é o deus do mundo subterrâneo, que é o mundo dos mortos, concorda em deixar Orfeu levar Eurídice, mas estipula uma condição, e a condição é que Orfeu vá na frente de Eurídice e não olhe para trás até chegar de volta à Terra, mas acontece que Orfeu não resiste e olha para trás um pouco antes de chegar à Terra, para se certificar de que Eurídice está mesmo ali e, quando olha para trás, perde Eurídice para sempre. Que é uma história assustadora, que nos faz pensar em coisas como se a gente seria capaz de ir ao mundo dos mortos para buscar a pessoa que a gente ama, porque acho que, por mais que eu amasse a Fernanda Dias, talvez não conseguisse. E também nos faz pensar em coisas como se a gente olharia ou não para trás depois de ter ido ao mundo dos mortos e de ter enfrentado Hades, porque sempre existe o elemento-surpresa.

Mas, por mais que a história seja uma história assustadora, a gente não precisa se lembrar dela quando ouve a *Melodia* de *Orfeu e Eurídice*, porque eu quase nunca me lembrava, porque só ouvia a música, que é uma música quase perfeita, porque perfeito só Deus. E era difícil arrancar uma coisa quase perfeita da cabeça só pela força de vontade, ou talvez eu fosse fraco, que era uma coisa na qual eu já tinha pensado, porque, para ser sincero, eu também queria parar de pensar nas bolas e no pinto do Ricardo e nas bolas e no pinto do Mateus e nas bolas e no pinto de outros meninos, que eu ficava imaginando, mas, por mais que quisesse parar de pensar, não conseguia.

De qualquer jeito, pedi à mãe para suspender as aulas da Dona Nilze, e ela perguntou:

— Tem certeza?

E respondi:

— Tenho.

―(*No presente*)―

E ela perguntou:
— Não quer pensar mais?
E respondi:
— Não.
Aí ela disse:
— Tudo bem. Depois, quando você quiser voltar a fazer aulas, nós ligamos para ela.
E eu disse:
— Um-hum.

Porque eu tinha dito que "daria um tempo", porque "dar um tempo" não era tão definitivo quanto "não quero mais tocar", porque eu sempre tinha tocado piano, e o pai e a mãe já estavam acostumados a me ouvir desde que eu tinha 5 anos, quando era bom ver que eles ficavam tão animados, porque eu era precoce, e um filho precoce é algo que os pais valorizam muito, e todo filho quer ser valorizado.

Só o tio Ivan ficava incomodado quando o pai e a mãe me pediam para tocar para os amigos deles, e os amigos deles se reuniam em volta do piano, e eu tocava, e eles aplaudiam e diziam coisas como:
— Que maravilha!
Ou:
— Nunca vi nada igual!
O que deixava o pai e a mãe acendidos.

E o tio Ivan ficava incomodado porque ele não concordava que o pai e a mãe me tratassem como um macaco de circo, embora eu não soubesse se o pai e a mãe me tratavam como um macaco de circo, e, se fosse o caso, não me parecia tão ruim, porque eu gostava de tocar piano, e os amigos deles gostavam de me ouvir tocar, e o pai e a mãe ficavam felizes com isso, de modo que parecia uma conspiração metafísica para o bem.

O tio Ivan dizia que eu era um menino de ouro, porque eu tinha ensinado um burro velho a gostar de música clássica, porque antes ele nunca tinha parado para ouvir música clássica, mas quando a pessoa pára para ouvir música clássica acaba gostando, porque é bonito, e isso é o que se chama verdade universal, embora a tia Lídia diga que verdade universal não existe.

E o compositor preferido do tio Ivan era o Frédéric Chopin, que era um compositor polonês que, assim como o tio Ivan, também tinha morrido aos 39 anos e também tinha morrido de tuberculose, que foi o que a mãe chamou de coincidência, que é quando uma coisa acontece exatamente como outra coisa e a gente não acredita que existe um motivo por trás. Mas o coração do Chopin foi arrancado do corpo antes de ele ser enterrado, porque ele pediu isso antes de morrer, porque tinha medo de ser enterrado vivo, e quando arrancam o coração da pessoa, não existe essa possibilidade. E isso era uma coincidência que não existia entre o Chopin e o tio Ivan, porque o tio Ivan foi enterrado com o coração, e era assustador pensar que ele poderia estar vivo quando foi enterrado e que ele sentiria muito medo, estando sozinho num lugar escuro.

E era horrível quando a música que não me saía da cabeça era o estudo *Opus 25 nº 1* do Chopin, porque essa era a música preferida do tio Ivan, que ele me pedia para tocar quando visitava a gente, e então ele encostava a cabeça no sofá e ficava de olhos fechados, e às vezes eu errava de propósito, para ver se ele estava dormindo ou se estava brincando de fantasiar e não estava prestando atenção na música, mas ele levantava a cabeça, abria os olhos e dizia:

— Opa!

E eu ria, porque ele achava que eu tinha errado de verdade e porque eu ficava sabendo que ele não estava dormindo nem estava brincando de fantasiar, mas prestando atenção na música, e eu ficava feliz, porque não era fácil prender a atenção do tio Ivan por muito tempo, porque todo mundo gostava dele e exigia dele, e o tio Ivan tinha que se multiplicar para atender a todo mundo, que é um poder que o mutante Múltiplo tem e que seria um poder importante para pessoas como presidentes e donas de casa e o tio Ivan.

Mas era horrível quando o estudo *Opus 25 nº 1* do Chopin não me saía da cabeça, porque aí se juntavam o tio Ivan e a música no

(No presente)

mesmo pensamento, e eu acabava ficando com enxaqueca e precisava tomar um remédio, que é uma coisa pela qual os cientistas deveriam ser sempre elogiados, porque é como se fosse um milagre feito pelo homem, o que parece um absurdo, mas talvez não seja, porque o homem foi feito à imagem e semelhança de Deus.

※

Desde que a mãe e eu tivemos a conversa sobre o tempo que eu daria das aulas de piano, nunca mais a mãe, nem a tia Lídia, nem a Luzia pediram para eu tocar, e eu sabia que isso não era uma coincidência, porque existia um motivo por trás, e o motivo por trás era que a mãe devia ter comentado com a tia Lídia e a Luzia e elas deviam ter combinado de não me pedir mais para tocar, o que era um tipo de alívio.

Mas naquela semana aconteceu um momento horrível, ou talvez tenha sido mais de um momento, porque não sei qual foi a duração, e provavelmente foram mais de noventa segundos, porque parecia uma eternidade, embora eu saiba que o tempo é relativo, de modo que poderia muito bem ter sido menos de um momento. E o que aconteceu foi que era dia de educação física, o que, por si só, já bastaria para me dar um aperto no estômago, porque eu não gosto de educação física e porque não gosto de futebol, que é mais uma afinidade que o Mateus e eu não temos, embora a gente tenha a afinidade de ficar sempre no banco de reservas, porque ele joga mal.

E a gente estava no banco de reservas, e uns meninos começaram a implicar com a gente, dizendo:
— Quatro-olho.
Que era como chamavam o Mateus. E:
— Nerd.
Que também era como chamavam o Mateus. E:
— Boiola.
Que era como me chamavam.

E eu sabia que o certo era olhar para baixo e não olhar nos olhos deles, porque em todo filme é assim, porque os recrutas nunca olham nos olhos do capitão. E a vida imita a arte, de modo que nós éramos os recrutas, mas não sei o que deu em mim, porque decidi olhar nos olhos de um menino que é filho de uma amiga da minha mãe, e ele olhou nos meus olhos e disse:
— Vai morrer de Aids igual ao tio.
   E o professor de educação física apitou chamando os meninos, e eu olhei para baixo. E o Mateus continuou falando sobre o que a gente estava conversando antes de os meninos começarem a implicar com a gente, como se os meninos não tivessem interrompido a nossa conversa e como se o Mateus não tivesse sido xingado de quatro-olho e nerd, e como se eu não tivesse sido xingado de boiola.
   Mas eu sentia como se estivesse flutuando e como se a minha cabeça ficasse a quilômetros de distância dos pés e como se eu estivesse num parque de diversões e estivesse naquele brinquedo em que a gente gira muitas vezes, mesmo quando não agüenta mais girar e acha que não vai resistir por muito tempo, aí o maquinista pára o brinquedo e a gente desce rindo porque acabou. Mas agora eu girava sem maquinista, e era horrível.
   Falei:
— Vou ao banheiro.
   E fui ao banheiro e fechei a porta e continuava flutuando sem conseguir me concentrar direito em nada, aí apertei a cabeça com força, para ver se ela parava de girar, mas ela não parava de girar, e bati duas vezes na cabeça com a mão fechada, e doeu, mas era como se doesse em outra pessoa, porque eu me sentia como se tivesse tomado uma injeção anestesiante, embora continuasse girando no brinquedo sem maquinista. E senti vontade de soltar um grito, porque eu não tinha mais controle do meu corpo e porque era como se o grito pudesse acionar um mecanismo que me faria voltar a ter controle do meu corpo, mas eu sabia que não podia gritar, porque as pessoas viriam correndo e eu não queria ter que explicar que não

———(No presente)———

tinha me machucado nem nada, que era só um pressentimento de que gritar me ajudaria a voltar a ter controle do meu corpo, e eu não queria ter que explicar uma coisa tão estranha assim, porque era estranho alguém perder o controle do próprio corpo.

Só consegui raciocinar direito quando já estava em casa, deitado na cama, com o Wolfgang deitado na minha barriga, que era como ele gostava de ficar, e por isso eu deixava, porque gato gosta de muito poucas coisas na vida. E lembrei que sempre que eu perguntava à mãe ou ao pai qual era o problema que o tio Ivan tinha e por que o tio Ivan de vez em quando ficava internado no hospital, o pai e a mãe respondiam:

— O seu tio está doente.

O que era óbvio.

E lembrei que às vezes o tio Ivan tinha um problema de intestino e às vezes tinha um problema de pulmão e às vezes tinha um problema de pele. E pensei que eu já deveria ter deduzido que aquilo era um problema de imunidade baixa, que é o problema da Aids, porque a Aids diminui a imunidade do nosso corpo, que é a nossa proteção, e, sem a proteção, a gente pode cair doente com doenças que nunca conseguiriam nos atingir se nós estivéssemos com a saúde direita. E pensei que não ter deduzido isso enquanto o tio Ivan estava vivo era uma burrice, porque era muito óbvio, e bati duas vezes na cabeça com a mão fechada, mas agora não era para fazer ela parar de girar, porque ela já não estava girando.

E fiquei com muita raiva do pai e muita raiva da mãe e muita raiva da vó e muita raiva da tia Lídia e só não fiquei com muita raiva do Ricardo porque não sabia se o Ricardo sabia que o tio Ivan estava com Aids, mas o resto da família sabia, porque agora eu me lembrava das vezes em que eu chegava na sala e eles estavam falando do tio Ivan e mudavam de assunto ou começavam a falar da mesma maneira que falavam se estivessem contando uma piada racista quando tinha um negro por perto, que é uma coisa que a tia Lídia diz que o vô costumava fazer, porque o vô era racista e porque as coisas tinham que ser sempre na hora em que ele queria, como a piada que não podia esperar até uma hora em que não tivesse um negro por perto.

Na hora do jantar, como não queria olhar para a mãe nem para o pai, falei para a Luzia que estava sem fome e que não comeria. E ela disse:

— Assim vai perder as belas pernas.

E não respondi. Aí a Luzia saiu do quarto, e a mãe veio e perguntou:

— Não quer comer, amor?

E respondi:

— Não.

E ela se sentou na cama e ficou alisando a colcha do mesmo jeito que tinha ficado alisando o meu caderno no dia do enterro do tio Ivan. E se levantou e perguntou:

— Está tudo bem?

E respondi:

— Está.

Porque não queria nem saber se mentir era pecado, porque minha vontade era gritar um vocábulo chulo e dizer que odiava todo mundo, porque naquele instante eu odiava quase todo mundo, e numa situação dessas é normal a pessoa exagerar.

Quando a mãe saiu do quarto, eu me levantei, apaguei a luz e voltei para a cama e fiquei olhando o teto, porque a escuridão do meu quarto nunca é uma escuridão totalmente escura, por causa da luz do aquário, e passei muitas horas olhando o teto e sendo uma girafa ou um elefante, mas a girafa e o elefante não passam o tempo que estão acordados pensando coisas horríveis, que era uma afinidade que nós não tínhamos.

E fiquei pensando coisas horríveis por muito tempo. E me lembrava do jeito que o filho da amiga da minha mãe me olhava e me lembrava do jeito que ele disse que eu morreria de Aids como o tio Ivan. E de repente pensei uma coisa assustadora, que me deixou de novo sentindo como se a minha cabeça ficasse a muitos quilômetros

······(No *presente*)······

dos pés, porque, antes de o menino que era filho de uma amiga da minha mãe dizer que eu morreria de Aids como o tio Ivan, ele estava me chamando de boiola, então ele tinha feito isso que a professora de português chama de associação de idéias. E pensei se essa associação de idéias tinha acontecido porque a Aids é uma doença que mata muitos boiolas ou se tinha acontecido porque ele achava que o tio Ivan era boiola. E tive certeza de que a minha cabeça ia explodir.

Mas a minha cabeça não explodiu, e fiquei pensando mais coisas horríveis, que eram cada vez mais confusas, porque se embaralhavam com outros pensamentos, e de vez em quando eu pensava nas bolas e no pinto do Mateus e de vez em quando eu pensava nos porcos e de vez em quando eu pensava no estudo *Opus 25 nº 1* e de vez em quando eu pensava na Fernanda Dias e de vez em quando eu pensava nas bolas e no pinto do Ricardo e de vez em quando eu pensava em coisas que eram lembranças que eu nem sabia que tinha, porque eram coisas que eu tinha visto, mas que achei que tivessem sido esquecidas e não tivessem ficado registradas na minha memória, como o programa sobre golfinhos do Animal Planet, em que os golfinhos pulavam sobre as ondas e obedeciam aos comandos dos treinadores e se banqueteavam num cardume de anchovas. E me lembrei que no começo eu achei bonito o cardume correndo de um lado para outro como se fosse uma coisa só, mas depois entendi que as anchovas estavam fugindo dos golfinhos e que, para as anchovas, os golfinhos eram tubarões, e entendi que elas estavam aflitas, apesar da voz do narrador, que falava como se a cena fosse só a imagem bonita que eu tinha visto no começo, e entendi que cada uma daquelas anchovas estava desesperada e mudei de canal.

Já estava amanhecendo quando eu me levantei e fui ao banheiro e joguei água no rosto, porque, apesar de estar acordado, era como se estivesse dormindo, porque era como se estivesse sonhando, e voltei para a cama e resolvi que precisava raciocinar direito e pensei que as duas alternativas eram: A) o tio Ivan tinha morrido de Aids e era boiola, ou B) o tio Ivan tinha morrido de Aids e não era boiola. Porque não existia mais a alternativa C) o tio Ivan não tinha morrido de Aids. E tentei me acalmar prometendo a mim mesmo que descobriria a verdade, porque investigaria a fundo, embora não soubesse como começar uma investigação e embora não pudesse perguntar à mãe, nem ao pai, nem à tia Lídia, nem à vó, e talvez nem ao Ricardo, como se fazia para começar uma investigação. Mas isso não tinha importância, porque a única coisa que tinha importância era que eu queria descobrir a alternativa verdadeira, e pedi a Deus para me ajudar a encontrar a resposta, porque Jesus Cristo, que é filho legítimo de Deus, um dia disse "Peça e receberás", que era uma esperança que funciona como um tipo de alívio.

A *raiva que* eu estava sentindo da mãe, do pai, da tia Lídia, da vó e talvez do Ricardo passou uns dias depois, o que era bom, porque a raiva era como levar um peso, e eu já estava sobrecarregado de pesos. E porque a raiva não ajudaria em nada na investigação de tentar descobrir se o tio Ivan era ou não boiola, porque a melhor forma de começar a investigação era vasculhando as coisas do tio Ivan e eu não sabia onde estavam as coisas dele, de modo que precisava perguntar à mãe, e, se eu estivesse com raiva dela, não conseguiria perguntar, porque quando estou com raiva não consigo nem olhar para a pessoa, o que é um defeito que tenho que é uma grande desvantagem.

Mas, como eu já não estava com raiva, e como a mãe estava na sala, lendo uma revista, e eu estava na sala, vendo um programa na televisão, e ela não parecia muito concentrada na revista, e eu não estava concentrado no programa da televisão, olhei para ela e perguntei:

— Onde estão as coisas do tio Ivan?

E a mãe abaixou a revista e ficou me olhando por muito tempo, aí disse:

— O quê?

──────(*No presente*)──────

E repeti:
— Onde estão as coisas do tio Ivan?
E ela ficou me olhando por muito mais tempo e disse:
— Por que você quer saber isso?
E respondi:
— Eu só queria saber.
E ela disse:
— No apartamento dele.
E perguntei:
— O apartamento dele está fechado?
E a mãe respondeu:
— Não, o Maurício está lá.
E perguntei:
— O Maurício está alugando o apartamento inteiro?
Porque antes o Maurício só alugava um quarto, e alugar o apartamento inteiro ficaria muito mais caro.

Mas dava para ver que a mãe estava achando que eu estava exigindo muito dela, que era uma coisa que eu não queria fazer, porque a mãe agora estava sempre com cara de quem tem um nó na garganta, e eu sabia que precisava segurar a minha onda. Só que era importante saber a resposta dessas perguntas, porque sem a resposta dessas perguntas não haveria investigação. E a mãe respondeu:
— É, o Maurício está alugando o apartamento inteiro.
De modo que eu teria que visitar o Maurício.

Mas não pude planejar a visita imediatamente, porque nesse instante a campainha tocou e o telefone tocou, aí fui atender a porta, e a mãe atendeu o telefone.

E vi que eram a tia Lídia e o Ricardo que tinham tocado a campainha, e beijei a tia Lídia e apertei a mão do Ricardo, que disse:
— Fala, pirralho.

E a mãe bateu o telefone irritada, porque quem tinha ligado era uma vendedora de telemarketing, e a mãe já estava sem paciência para as coisas normais do dia-a-dia, que dirá para uma vendedora de telemarketing, que caía de pára-quedas na nossa sala, como dizia o pai, e era por isso que o pai era contra telemarketing.

Aí o Ricardo e eu fomos jogar PlayStation, enquanto a tia Lídia e a mãe conversavam, e o Ricardo disse:

— Hoje tenho uma curiosidade que não é do mundo animal. Está interessado?

E respondi:

— Estou.

Porque estava e porque o Ricardo diria de qualquer maneira. E ele disse:

— Todo ano, 98% dos átomos do nosso corpo são substituídos.

E perguntei:

— O que é átomo?

E ele disse:

— É o que constitui a gente.

E pensei que essa era uma curiosidade muito curiosa, mas que eu não entendia completamente.

Eu estava ganhando o jogo, embora não estivesse muito concentrado, porque estava pensando que deveria estar planejando a visita ao Maurício. Mas eu jogava muito melhor do que o Ricardo, de modo que ganharia dele mesmo que estivesse completamente desconcentrado e mesmo que não estivesse com os olhos grudados na tela o tempo todo. Aí desgrudei os olhos da tela e olhei para o Ricardo e perguntei:

— O que o Maurício faz?

E o Ricardo disse:

— Quem?

E falei:

— O Maurício, que alugava um quarto no apartamento do tio Ivan e agora está alugando o apartamento inteiro.

E ele respondeu:

— O Maurício é professor.

E perguntei:

―(*No presente*)―

— Professor de que série?
E ele respondeu:
— Professor universitário. — Aí ficou jogando em silêncio por um tempo e perguntou: — Por quê?
E respondi:
— Eu só queria saber.
Então ouvimos a voz da mãe e a voz da tia Lídia conversando mais alto, e a voz da mãe dizia:
— Eu não tenho nada a ver com isso.
E a voz da tia Lídia dizia:
— Aí é que você se engana.
E a voz da mãe dizia:
— Lídia, eu não estou com cabeça para essa história agora.
E a voz da tia Lídia dizia:
— Pois eu acho uma pena.
E ouvi os passos da tia Lídia vindo ao encontro de mim e do Ricardo, e ela disse:
— Ricardo, vamos, filho.
E o Ricardo se levantou e despenteou o meu cabelo.
E, embora eu gostasse de jogar com o Ricardo, e gostasse de quando o Ricardo e a tia Lídia nos visitavam, mesmo quando o Ricardo não estava com vontade de jogar, achei bom que eles fossem embora, porque agora eu podia ficar planejando a visita ao Maurício, que era o que eu mais queria fazer. Aí me deitei na cama e pensei que deveria ir ao apartamento do tio Ivan num dia de fim de semana, porque assim não correria o risco de o Maurício estar na universidade onde dava aula ou de estar com pressa para sair e talvez ir ao banco, porque seria um dia de descanso, embora ele pudesse querer sair para ir ao zoológico ou ao cinema ou ao shopping, mas esse era um risco que eu tinha que correr. E decidi que iria ao apartamento do tio Ivan no dia seguinte, porque o dia seguinte era domingo.
Planejei que diria ao Maurício que queria dar uma olhada nas coisas do tio Ivan, porque tinha deixado uma coisa minha com ele e

queria pegar essa coisa de volta. E planejei que eu seria muito educado, porque era sempre bom ser educado e porque agora o apartamento do tio Ivan era mais do Maurício do que do tio Ivan, porque o tio Ivan estava morto e o Maurício estava alugando o apartamento inteiro, de modo que ele poderia muito bem não me deixar entrar, apesar de as coisas do tio Ivan ainda estarem lá, o que seria péssimo. Mas eu estava confiante.

Nessa noite, consegui dormir cedo e tive um sonho bom com o tio Ivan, porque no sonho o tio Ivan estava vivo, e eu levava o tio Ivan para uma cúpula parecida com a Cúpula do Trovão, e a cúpula era à prova de todas as bactérias e de todas as doenças do mundo, de modo que ela servia para fazer o trabalho que a imunidade dele não fazia, de modo que ele podia viver normalmente e não ter nenhum problema de intestino, nem de pulmão, nem de pele. Mas, quando acordei, foi muito ruim, porque o sonho tinha parecido real, mas era só um sonho, e pensei que seria melhor ter tido um pesadelo, porque depois a gente acorda e sente um alívio, e agora eu estava sentindo uma coisa que eu não sabia o nome, mas era o contrário do alívio.

Quando perguntei à mãe se eu podia ir ao apartamento do tio Ivan, ela demorou a responder e só ficou me olhando, o que agora parecia acontecer toda hora, e, quando respondeu, a mãe na verdade não respondeu, porque perguntou:

— O que você quer fazer lá?

E eu não sabia o que dizer, porque não tinha planejado uma resposta a nenhuma pergunta da mãe, de modo que gaguejei e pensei no que eu tinha planejado para dizer ao Maurício e respondi:

— Vou pegar uma coisa minha que eu tinha deixado com ele.

Aí a mãe perguntou:

— Que coisa?

─────(*No presente*)─────

Que era uma pergunta na qual eu também não tinha pensado, e que o Maurício provavelmente também faria, o que mostrava que, se eu tivesse que ganhar a vida como investigador, estaria perdido. E respondi:
— Uma coisa minha.

E era evidente que, se isso fosse uma argüição, eu tiraria algo em torno de 0, porque essa era uma resposta muito fraca. Mas também era uma resposta que deu resultado, porque a mãe não insistiu mais. Só olhou para baixo e disse:
— Você já pensou que o Maurício pode não gostar dessa visita? Ele está morando no apartamento.

E falei:
— Eu sei.

E ela não disse mais nada.

De modo que fui dar um beijo de despedida no rosto da mãe, e ela me abraçou e encostou a testa no meu ombro, como se eu fosse o pai, e fungou. Aí se levantou e foi para a cozinha e disse:
— Vou botar um pedaço do bolo de nozes para você levar para o Maurício.

Que era uma ótima idéia, porque isso era ser gentil, e ser gentil com os outros faz os outros serem gentis com a gente, de modo que levar o pedaço de bolo de nozes diminuiria as chances de o Maurício não me deixar entrar no apartamento ou não me deixar mexer nas coisas do tio Ivan.

A mãe me deu um pote com o bolo de nozes e ajeitou minha blusa, embora minha blusa estivesse direita e não precisasse ser ajeitada, e disse:
— Leve o celular.

Aí tirei o celular do bolso e mostrei que ele já estava comigo, e a mãe sorriu um sorriso que não era um sorriso nem de alegria nem de simpatia. E fui para o apartamento que costumava ser do tio Ivan, pensando que finalmente saberia se o tio Ivan era ou não boiola. E percebi que estava nervoso, porque ficava trocando de mão a caixa de bolo e porque estava com a língua colada no céu da boca, porque quando a pessoa está relaxada a língua fica descansando no chão da boca, que era uma coisa que a vó tinha me ensinado.

O Maurício não atendeu a porta quando eu bati, e fiquei desanimado porque teria que esperar até o fim de semana seguinte, quando também não saberia se ele estaria em casa, porque, na verdade, não existiam só o zoológico, o cinema e o shopping, e ele poderia estar viajando, por exemplo, ou visitando os pais, ou visitando os amigos, de modo que tinha uma porção de coisas que ele poderia estar fazendo num fim de semana, e o improvável seria que ele estivesse em casa. E pensei que seria muito difícil investigar se o tio Ivan era ou não boiola e fiquei olhando para a porta como se ela fosse uma inimiga e já estava muito irritado, de modo que não segurei a minha onda e esmurrei a porta com força e falei um vocábulo chulo.

Aí ouvi um barulho dentro do apartamento e notei que tinha alguém em casa, e a porta se abriu, e o Maurício disse:

— Oi, André.

Com uma cara de quem está surpreso e não sabe por que aquela pessoa que está fazendo uma visita está fazendo a visita, porque aquela pessoa não tem nenhuma relação com a gente e só tinha relação com o dono do apartamento que a gente aluga, de modo que o Maurício talvez estivesse pensando que eu estava ali para cobrar o aluguel, mas eu era muito pequeno para cobrar o aluguel, e talvez ele tivesse acabado de pagar o aluguel, de modo que não existiria nenhum dinheiro a ser pago, de modo que ele talvez estivesse pensando que realmente não tinha nenhum motivo para eu estar batendo na porta do apartamento num domingo, quando ele claramente estava dormindo, porque o rosto dele era o rosto de quem estava dormindo há horas.

Eu não sabia o que dizer e disse:

— Oi, Maurício. — E estendi a caixa de bolo de nozes e falei: — Eu trouxe um bolo de nozes.

Aí o Maurício pegou a caixa e abriu mais a porta e disse:

─────(*No presente*)─────

— Entra.

Que era um grande passo para a minha investigação, de modo que fiquei acendido.

Mas ficar acendido foi uma coisa que durou pouco, porque aconteceu mais uma coisa na qual eu não tinha pensado, que foi que aquela era a primeira vez que eu ia ao apartamento do tio Ivan depois que o tio Ivan tinha morrido, e era muito estranho entrar no apartamento do tio Ivan sabendo que o tio Ivan não estava ali e nem chegaria de repente, porque o tio Ivan estava morto. E senti um nó na garganta e olhei para o apartamento como se fosse um outro apartamento, embora fosse o mesmo apartamento de sempre, com os quadros da tia Lídia pendurados na parede e os sofás brancos e a televisão que parecia um cinema.

E senti um nó na garganta muito apertado, que não me deixava falar, de modo que foi um alívio quando o Maurício disse:

— Senta aí, vou servir o bolo para nós.

E desapareceu na cozinha.

E eu pude sentar e tentar me acostumar com a idéia de que estava no apartamento do tio Ivan sem que o tio Ivan estivesse ali ou que pudesse chegar de repente. E procurei pensar em alguma coisa boa para desapertar o nó na garganta, mas não conseguia pensar em nada, porque era realmente como se o apartamento fosse um outro apartamento e, quando a gente entra num apartamento novo pela primeira vez, a gente se prende a todos os detalhes, porque eles chamam a nossa atenção, e agora eu prestava atenção em todos os detalhes, como o abajur de metal ao lado da poltrona e os livros de fotografia na mesinha de centro e a poeira nos livros de fotografia.

Aí pensei que realmente o ditado que a vó diz está certo, porque há males que vêm para bem, porque na verdade era bom eu ver o apartamento como se ele fosse um apartamento novo e era bom eu me prender a todos os detalhes, porque isso é ser um bom investigador e eu tinha ido ao apartamento para investigar, de modo que o nó na garganta desapertou um pouco e eu me levantei e fui até onde ficavam os filmes do tio Ivan, porque ele tinha muitos filmes e se orgulhava de ter muitos filmes, e vi que tinha poucos filmes que eu conhecia, como alguns da Disney e a coleção do X-Men, porque o Melhor Desenho Animado do Mundo tinha se transformado na Melhor Série de Filmes do Mundo.

Aí o Maurício chegou trazendo um prato de bolo e um copo de guaraná e botou o prato de bolo e o copo de guaraná na mesinha de centro e disse:

— Parece estar bom.

E voltou à cozinha e chegou com mais um prato de bolo e mais um copo de guaraná e se sentou na poltrona.

De modo que me sentei no sofá de frente para ele e comecei a comer o meu pedaço de bolo, embora não quisesse comer, porque não estava com fome e porque queria começar logo a investigação. Mas precisava ser educado, e ser educado inclui fazer coisas que nem sempre a gente quer fazer, como sorrir quando dizem que a gente cresceu e dizer obrigado quando nos dão um presente realmente péssimo e comer bolo quando nos oferecem.

Aí o Maurício perguntou:
— Como você está?
E respondi:
— Bem.

E continuamos comendo o bolo e bebendo o guaraná, embora eu soubesse que deveria dizer alguma coisa, porque o silêncio era sufocante para mim e talvez fosse sufocante para o Maurício, só que ele não tinha culpa do silêncio, porque era eu que tinha decidido fazer uma visita. Aí lembrei que o Ricardo tinha me dito que o Maurício era professor universitário e perguntei:

— Como vai a universidade?
E ele respondeu:
— Está indo, peguei menos turmas este semestre.

E continuamos comendo o bolo e bebendo o guaraná, e ele perguntou:

———————————(No presente)———————————

— E a escola?
E respondi:
— Na mesma.
O Maurício acabou o bolo e o guaraná dele, e eu já estava acabando o meu bolo e o meu guaraná, mas não conseguia pensar em mais nada para dizer, porque era como se tivesse um muro na frente das minhas idéias, e quanto mais eu me esforçava para pensar, maior o muro ficava. Aí acabei o bolo e o guaraná, e o Maurício perguntou:
— Quer mais?
E respondi:
— Não, obrigado.
Porque não queria ter comido nem o primeiro pedaço e porque, graças a Deus, é educado não repetir bolo quando nos oferecem.
E ele levou os pratos e os copos para a cozinha, e pensei que talvez fosse melhor explicar agora o motivo da minha visita, porque eu poderia começar a investigação de uma vez, de modo que, quando o Maurício voltou da cozinha e se sentou na poltrona, de frente para mim, eu disse:
— Maurício.
Mas não consegui dizer mais nada, porque, por mais que tivesse parecido simples na minha cabeça, eu não sabia como dizer. Aí o Maurício perguntou:
— O que foi?
E gaguejei um pouco e falei:
— Eu vim pegar uma coisa que eu tinha deixado com o tio Ivan.
E ele perguntou:
— Que coisa?
Que era a mesma pergunta que a mãe tinha feito, para a qual eu tinha dado uma resposta que mereceria uma nota em torno de 0 se aquilo fosse uma argüição, mas que tinha dado resultado com a mãe. Então gaguejei mais um pouco e respondi:
— Uma coisa minha.

E funcionou, porque o Maurício ficou me olhando durante o que deve ter sido um momento inteiro e perguntou:
— Você imagina onde esteja essa coisa?
E respondi:
— No quarto dele.
E o Maurício se levantou e disse:
— Vamos lá.
E fiquei acendido, porque estava tudo correndo conforme o planejado.

Nós atravessamos o corredor, onde tinha um quadro pequeno da tia Lídia, e passamos pelo banheiro social e pelo quarto menor, que era o quarto do Maurício, e entramos no quarto do tio Ivan, que estava com a cama desarrumada e tinha roupas espalhadas pelo chão, então o Maurício começou a recolher as roupas do chão e disse:
— Desculpe a bagunça.

E por um instante eu pensei que aquelas roupas eram do tio Ivan, e era como se ele estivesse no apartamento ou pudesse chegar de repente, e era como ter um sonho bom ou como ser finalmente acordado de um pesadelo pela Luzia, me sacudindo e dizendo: Acorda, Belo.

Mas aí entendi que as roupas eram na verdade do Maurício, porque o Maurício agora alugava o apartamento inteiro e era evidente que ele preferiria ficar no quarto maior, porque o quarto maior era uma suíte, e isso apertou o nó na minha garganta de novo, porque era estranho ver alguém usando a cama que era do tio Ivan e os móveis que eram do tio Ivan, mesmo que esse alguém não fosse um desconhecido e fosse um amigo, porque talvez o tio Ivan preferisse que não.

O Maurício apontou para a cômoda e para o closet do lado direito do quarto e disse:
— As coisas dele estão aí.

E senti um tipo de alívio, porque pelo menos o Maurício não tinha tirado tudo das gavetas e encaixotado as coisas do tio Ivan, o que seria péssimo, embora fosse um direito do Maurício.

―――(*No presente*)―――

Aí vi que na cômoda tinha um porta-retratos, e no porta-retratos tinha uma foto do tio Ivan rindo, e isso fez o nó na minha garganta apertar de um jeito muito forte, que não dava nem para respirar, e eu sentei na cama e comecei a fazer um barulho esquisito para tentar respirar, porque realmente não conseguia, porque era como se eu fosse morrer asfixiado, e o Maurício veio para perto de mim e botou a mão na minha cabeça e puxou a minha cabeça para a barriga dele, e foi como se isso destravasse a minha garganta, e eu comecei a chorar.

Que era um elemento-surpresa, porque era uma coisa que fugia do modo como tudo estava correndo conforme o planejado.

O Maurício ficou passando a mão na minha cabeça durante muito tempo, até eu me acalmar e conseguir respirar normalmente, e eu não sabia nem como olhar para ele, porque agora eu estava realmente exigindo muito dele, porque, além de acordar ele e além de fazer silêncios sufocantes e além de pedir para ver as coisas do tio Ivan, que agora ficavam no quarto que era o quarto do Maurício, eu tinha começado a chorar, e ele tinha precisado me consolar, o que era péssimo. Mas eu precisava olhar para ele, porque não tinha jeito, porque eu não podia simplesmente fingir que aquilo não tinha acontecido, e olhei para o Maurício e vi que ele também estava chorando, e foi como encontrar uma caverna.

O Maurício perguntou:

— Você tem certeza de que quer procurar essa coisa?

E respondi:

— Tenho.

E levantei e abri a porta do closet e senti o cheiro do perfume do tio Ivan e falei na minha cabeça: Eu sou um homem. Porque, sempre que eu estava com medo ou quando ficava com aquele sentimento de incompetência para enfrentar uma coisa realmente assustadora, a mãe perguntava: Você é um homem ou é um rato? E eu respondia: Eu sou um homem. Mesmo quando me sentia um rato.

Aí o Maurício perguntou:

— Você prefere ficar sozinho?
E respondi:
— Prefiro.
E ele disse:
— Se precisar de mim, estou no outro quarto.
E falei:
— Obrigado.
E o Maurício me deixou sozinho, de frente para as roupas do tio Ivan. E passei a mão nas roupas, e era realmente de dar um nó na garganta de qualquer pessoa, fosse essa pessoa um homem ou um rato, porque as roupas do tio Ivan ainda existiam e o tio Ivan não existia mais, o que era injusto, porque as roupas não tinham importância e quando acabava uma era só comprar outra, se a gente tivesse dinheiro, mas não existia a possibilidade de comprar outro tio Ivan, porque não se compra gente, a menos que seja um escravo, o que é realmente horrível, e porque o tio Ivan era único.

Só quando eu já estava ali no closet do tio Ivan, dentro do quarto onde ficavam todas as coisas do tio Ivan, onde eu poderia ver o que quisesse, foi que me dei conta de que eu não sabia o que procurar, porque não sabia o que fazia de um boiola um boiola, de modo que me senti um grande idiota, porque só um grande idiota procuraria alguma coisa que não sabe o que é e só um grande idiota passaria por todos os obstáculos que eu tinha passado para depois descobrir que tinha sido à toa.

Aí me senti como se tivesse dado tudo de mim numa prova de cem metros e, no fim, descobrisse que a prova não era uma prova de cem metros, porque era uma prova de quinhentos metros, de modo que eu só tinha corrido o começo da prova.

Peguei a camisa do touro, que era uma camisa que o tio Ivan tinha comprado numa viagem à Espanha e era uma camisa que ele usava muito, porque gostava dela, e cheirei o perfume do tio Ivan na camisa e me sentei na cama. Aí me recostei na cabeceira da cama e comecei a pensar o que fazia de um boiola um boiola e pensei que

──(*No presente*)──

os meninos me chamavam de boiola porque eu tocava piano, mas o tio Ivan não tocava piano nem nenhum outro instrumento, embora ele tivesse tentado saxofone quando era pequeno, e me chamavam de boiola quando eu respondia "presente" na chamada, que era uma hora que eu detestava, porque os meninos falavam besteira e afinavam a voz para me imitar, de modo que era alguma coisa no meu jeito de falar, mas o jeito de falar do tio Ivan era como o jeito de falar do pai e o jeito de falar do Ricardo, e me chamavam de boiola na hora da educação física, porque eu não queria jogar futebol e não queria jogar vôlei, e era verdade que o tio Ivan não gostava de futebol, embora ele gostasse de vôlei. Mas não existia o que investigar em relação a ele não gostar de futebol, porque eu já sabia que ele não gostava de futebol e ponto.

Os meninos também me chamavam de boiola quando eu estava completamente parado, sem fazer nada, mas acho que era pelos outros motivos, porque eles se lembravam de que eu tocava piano e do meu jeito de falar e de que eu não gostava de futebol nem de vôlei, ou talvez fosse alguma coisa no jeito como eu ficava parado, sem fazer nada, que podia ser diferente do jeito de ficar parado, sem fazer nada, dos outros. Mas eu também não me lembrava de nada diferente no jeito como o tio Ivan ficava parado, sem fazer nada. E, de qualquer forma, também não existiria nada para investigar em relação a isso. Aí me lembrei do tio Ivan parado no sofá da minha casa, me ouvindo tocar, e o estudo *Opus 25 nº 1* do Chopin entrou na minha cabeça muito alto, o que era péssimo, porque eu não queria ouvir nenhuma música, porque a música me distraía, e eu precisava me concentrar em descobrir o que fazia de um boiola um boiola, para não ser um grande idiota.

Devo ter dormido, porque, quando dei por mim, o Maurício estava me cutucando, e eu estava deitado na cama, enrolado na camisa do touro. E o Maurício disse:

— André.

E eu disse:

— O quê?

E vi que lá fora já estava escuro e procurei o celular no bolso e vi que não tinha nenhuma chamada não atendida, o que era um alívio.

Aí o Maurício disse:

— A sua mãe ligou.

E eu disse:

— Ligou?

E o Maurício disse:

— Ligou, estava preocupada.

E eu disse:

— É melhor eu ir.

E o Maurício disse:

— A sua mãe vinha te pegar, mas prometi que levava você em casa.

E eu disse:

— Tudo bem.

Sabendo que o Maurício nunca mais ia querer me ver nem pintado de ouro, porque nunca uma visita tinha exigido tanto do anfitrião, que é a pessoa visitada.

Aí o Maurício olhou para a camisa do touro e perguntou:

— Quer ficar com ela?

O que seria da hora, porque eu poderia sentir o cheiro do perfume do tio Ivan sempre que quisesse.

Mas não respondi nada, porque já tinha passado dos limites e achei que ainda levar a camisa do touro seria realmente demais. Então só fiquei olhando para o touro, que na verdade era a silhueta de um touro. E o Maurício esqueceu o assunto e perguntou:

— Conseguiu achar o que estava procurando?

E respondi:

— Não.

E ele se levantou e pegou um caderno e escreveu alguma coisa, aí rasgou a folha do caderno e me entregou a folha, e estava escrito *Maurício* e dois números de telefone, sendo que o primeiro era de um telefone fixo e o segundo era de um celular. E o Maurício disse:

──(No *presente*)──

— Quando você quiser vir procurar de novo, liga para mim. Para não acontecer de você chegar aqui e eu não estar em casa. E fiquei um pouco acendido, porque vi que o Maurício não tinha ficado completamente irritado com a visita, porque, se ele tivesse ficado completamente irritado, ele não me daria os números de telefone e não sugeriria que eu voltasse. Aí falei:
— Obrigado.
Que era ser educado.
E o Maurício pegou a camisa do touro, dobrou a camisa em quatro partes, botou a camisa num saco plástico e disse:
— Toma.
De modo que ele não tinha esquecido o assunto.
E, embora eu soubesse que o certo seria não aceitar a camisa, eu aceitei, porque realmente queria a camisa, e recusar seria como dizer não quando a pessoa estava pendurada num abismo e alguém perguntava: Quer uma ajuda? De modo que peguei o saco plástico e falei mais uma vez:
— Obrigado.
No caminho de volta para a minha casa, o Maurício me deu a mão, e nós andamos como se fôssemos um pai e um filho, ou um tio e um sobrinho, embora não fôssemos nada, porque ele era o homem que alugava o apartamento do meu tio e eu era o sobrinho do dono do apartamento que ele alugava. Mas foi bom andar de mãos dadas com o Maurício, e, na hora da despedida, ele disse:
— Se cuida.
E eu disse:
— Tá bom.

❧

Procurei *"caducar"* no dicionário e descobri que caducar era envelhecer e também era se tornar antigo e também era perder força e também era perder a lucidez e também era cessar de existir e também era chegar ao fim, só que aí era como termo jurídico, como no exemplo "o prazo caduca dentro de dez dias". E pensei que a vó estava realmente envelhecendo e estava realmente se tornando antiga e estava realmente perdendo força, mas eu não sabia se a vó estava perdendo a lucidez e acho que seria muito horrível se a tia Lídia tivesse dito que a vó estava caducando no quinto sentido, que era cessar de existir, porque seria péssimo dizer isso de uma mãe. Mas com certeza a tia Lídia não tinha usado a palavra "caducar" como um termo jurídico, que era a única alternativa que eu tinha certeza de que estava errada.

O dicionário não foi de muita ajuda, porque existiam muitas opções, e pensei que o ideal seria você escrever no dicionário a sua frase e ele escolher a opção certa para você, porque senão ele não tinha muita utilidade, porque era como fazer uma prova e a gente tinha que ter conhecimentos antecipados da matéria porque, senão, poderia escolher uma opção errada.

E pensei que eu poderia perguntar à mãe ou ao pai ou à professora de português o que era caducar naquela frase que a tia Lídia tinha usado, embora a frase fosse só "A sua vó está caducando" e talvez não desse pistas suficientes para a mãe ou o pai ou a professora de português descobrirem qual era a alternativa certa. Mas decidi que não perguntaria nada a ninguém, porque já tinha muitas coisas para pensar sobre a investigação de descobrir se o tio Ivan era ou não boiola, e qualquer outra coisa interferiria na investigação, embora eu não soubesse nem como fazer a investigação, porque não sabia o que estava procurando.

Passei muitos dias tentando pensar concentradamente no que fazia de um boiola um boiola, mas era difícil pensar concentradamente, porque existia a música e existiam os pensamentos sobre o tio Ivan e existiam os pensamentos sobre as bolas e o pinto do Mateus e os pensamentos sobre as bolas e o pinto do Ricardo e os pensamentos sobre as matérias da escola e os pensamentos sobre a Fernanda Dias, que tinha escrito para mim uma carta que me deixou alegre por várias horas seguidas, brincando de fantasiar que a gente namorava e ia ao cinema

―――(No *presente*)―――

e ia ao zoológico, e ela vinha à minha casa e conhecia o pai e a mãe, e o pai e a mãe gostavam dela, porque ela é bonita e inteligente.
Até que aconteceu de eu descobrir uma pista.
Que foi um mal que veio para bem.
Porque eu estava parado, sem fazer nada, no recreio, e uns meninos chegaram para mim, e um deles disse:
— E aí, boiola?
E o outro disse:
— Isso é falta de surra.
E o primeiro me empurrou, e caí no chão e arranhei a perna, e eles foram embora. E foi tudo muito rápido, de modo que olhei para os lados para ver se alguém tinha visto, e felizmente ninguém tinha visto, porque, além de ter sido muito rápido, tinha poucas pessoas por perto, porque eu estava num canto onde não ficava muita gente, porque eu preferia.

A minha perna ficou ralada e ardia, e eu estava com vergonha e pensei que era péssimo desejar o mal para os outros, mas eu realmente desejava o mal para aqueles meninos e não sentia nem culpa, de modo que talvez fosse pecado e talvez eu fosse para o inferno quando morresse, o que era horrível.

Mas depois repassei na minha cabeça o que tinha acontecido e me lembrei de que o primeiro menino tinha dito "E aí, boiola?", e o segundo menino tinha dito "Isso é falta de surra", de modo que o segundo menino tinha feito uma associação de idéias, porque ouviu a palavra boiola e tinha pensado na falta de surra, que então era uma causa de a pessoa ser boiola, de modo que pensei que isso poderia realmente ser uma pista sobre o que faz de um boiola um boiola e fiquei ansioso para voltar para casa e, assim que voltei para casa, a primeira coisa que fiz foi ligar para a vó.

E perguntei:
— Vó, a senhora e o vô batiam no tio Ivan?
E a vó ficou muito tempo sem dizer nada e, quando disse, não respondeu à minha pergunta, porque perguntou:

— Por que você quer saber isso, querido?
E respondi:
— Eu só queria saber.
E ela ficou mais algum tempo sem dizer nada e, quando disse, respondeu finalmente à pergunta, porque disse:
— Às vezes o seu avô dava umas palmadas nos filhos.
De modo que: A) o menino da escola estava enganado, porque falta de surra não era uma causa de a pessoa ser boiola, ou B) o tio Ivan não era boiola.
Aí me despedi da vó, e, antes de desligar, ela disse:
— Eu te amo, querido.
Que era uma maneira de ser vó.
E pensei que o pai e a mãe nunca tinham me dado uma surra nem nunca tinham me dado umas palmadas, mesmo que às vezes eu merecesse, porque eu exigia muito deles, mas eles sempre prefeririam me deixar de castigo, embora às vezes eu mesmo preferisse que eles me dessem uma surra, porque o castigo demorava a passar, e a surra era instantânea, de modo que depois você podia voltar a sair do quarto e fazer as coisas que sempre fazia.
Aí lembrei que, até onde eu sabia, o Ricardo também nunca tinha levado uma surra, porque a tia Lídia é contra todo tipo de violência, e a pessoa que ela mais admira no mundo é o Mahatma Gandhi, que foi um indiano que pregava a paz e que passou seis anos na prisão e morreu assassinado. Mas, por via das dúvidas, telefonei para a tia Lídia e perguntei:
— Tia Lídia, você e o tio Danilo batiam no Ricardo?
E a tia Lídia disse que não e perguntou por que eu queria saber isso, que é uma mania que as pessoas têm de tentar descobrir o que existe por trás. E respondi:
— Eu só queria saber.
De modo que o menino da escola estava enganado, porque o Ricardo não era boiola e nunca tinha apanhado, e o tio Ivan talvez fosse boiola e tinha apanhado. De modo que eu agora voltava à estaca

———(*No presente*)———

zero, que é quando os nossos esforços foram desperdiçados porque não deram resultado e nós estamos sem pistas, querendo desistir.

De modo que, no fim das contas, o que tinha acontecido no recreio era um mal que não tinha vindo para bem, porque eu não estava mais perto de descobrir se o tio Ivan era ou não boiola e porque a minha perna continuava ralada. E, à noite, a mãe entrou no meu quarto, e eu me esqueci de esconder o machucado, porque estava de short, e ela viu a perna ralada e perguntou:

— O que foi isso?

E respondi:

— Eu caí no colégio.

E ela passou a mão de leve no machucado e perguntou:

— Está doendo?

E respondi:

— Não.

Aí a mãe ficou olhando para o aquário de novo como se estivesse hipnotizada, ou como se o Johann e a Clementina estivessem fazendo uma coisa realmente excepcional, como uma apresentação de nado sincronizado. E suspeitei de que a mãe talvez estivesse lembrando do BICHINHA do caderno e pensando que o BICHINHA do caderno poderia ter relação com a perna ralada, e a minha suspeita ficou ainda mais forte quando ela perguntou:

— Está tudo bem com você?

Porque não era como quando as pessoas nos encontram na rua e perguntam "Tudo bem com você?", porque a mãe queria uma resposta de verdade, e as pessoas que nos encontram na rua querem a resposta "Tudo bem".

E respondi:

— Tudo bem.

Quando a mãe saiu do quarto, pensei no Gandhi e pensei que o Gandhi teria feito exatamente o que eu fiz na hora do recreio, quando os meninos me chamaram de boiola e me empurraram, porque o Gandhi não teria feito nada, porque ele acreditava na não-violência como uma forma de luta. Mas a diferença entre mim e o Gandhi é que o Gandhi não teria feito nada por causa de uma coisa na qual ele acreditava, e eu não tinha feito nada porque não tinha coragem de revidar e dizer um vocábulo chulo para os meninos e tentar dar uma surra neles, que era o que eu realmente queria.

Aí botei a camisa do touro ao lado do travesseiro, para dormir sentindo o cheiro do perfume do tio Ivan, e sonhei dois sonhos. E o primeiro sonho foi que o tio Ivan era como o Wolverine, que é um mutante do Melhor Desenho Animado do Mundo, que tem o poder de se regenerar quando o inimigo enfia uma faca nele ou quando o inimigo bate nele, de modo que o Wolverine é invencível. E, nesse sonho, o tio Ivan tinha o poder do Wolverine e se recuperava de todas as doenças de intestino e de todas as doenças de pulmão e de todas as doenças de pele. E a gente podia ficar descansado, porque ele estaria sempre bem.

E no segundo sonho eu era uma anchova, e era realmente assustador.

⁂

Eu preferia quando a mãe me pegava no colégio, mas nem sempre a mãe podia me pegar no colégio, porque ela tinha o trabalho, de modo que às vezes era o pai que me pegava no colégio. E quando eu entrava no carro ele dizia:

— E aí, maestro?

E eu dizia:

— E aí?

E ele começava a assobiar ou tamborilar os dedos no painel do carro, como se acompanhasse uma música, ou então fazia silêncio e ficava pensando. E eu ficava pensando no que o pai estaria pensando e se ele estaria pensando que era muito incômodo a gente ficar em silêncio o tempo todo que estava no carro, porque a gente poderia dizer alguma coisa, embora eu não soubesse o quê. E nessas horas

———————(No *presente*)———————

é realmente péssimo a pessoa morar no Brasil, porque o pai tinha desistido de ter um aparelho de som no carro porque, em um ano, tinham quebrado o vidro da janela do carro dele duas vezes para roubar o aparelho de som, sendo que, nas duas vezes, a parte da frente do aparelho nem estava no carro. E agora o pai não queria mais ter aparelho de som, e a gente não tinha a música para esconder o silêncio que a gente fazia.

De modo que o silêncio que a gente fazia só era interrompido de vez em quando, porque às vezes o pai reclamava do motorista da frente ou reclamava do imbecil que tinha parado em fila dupla, porque o pai é contra carro parado em fila dupla, mesmo que a pessoa pare o carro por pouco tempo, para alguém entrar ou sair, porque seria um caos se todo mundo resolvesse fazer o mesmo e as pessoas têm que deixar de pensar só no próprio umbigo. Mas eu gostava quando tinha um carro parado em fila dupla ou quando o motorista da frente fazia alguma besteira, porque aí o pai reclamava, e o silêncio era interrompido, e eu dizia:

— É mesmo.

Concordando com ele. O que era ótimo.

No dia seguinte ao arranhão da minha perna, o pai me pegou no colégio e não aconteceu nada diferente no caminho de casa, porque durante quase todo o tempo a gente fez silêncio, ou o pai assobiava e tamborilava os dedos no painel do carro. Mas, quando a gente chegou ao prédio, ele disse:

— Vou te apresentar ao novo porteiro.

E nós descemos à portaria, e o pai disse:

— Vicente, este é o André.

E o Vicente olhou para mim e disse:

— Oi, André.

E respondi:

— Oi.

E o Vicente sorriu um sorriso de simpatia. Mas eu não sorri um sorriso de simpatia em resposta, porque estava tímido e porque o sorriso de simpatia do Vicente tinha o que a tia Lídia diz que é uma característica de toda verdadeira obra de arte, porque toda verdadeira obra de arte faz a gente querer observar. E, embora não fosse uma obra de arte, o sorriso de simpatia do Vicente tinha essa característica. De modo que fiquei observando até chegar à conclusão de que seria um sorriso perfeito, se Deus não achasse isso pecado. Mas não pude ficar observando por muito tempo, porque o pai despenteou o meu cabelo e disse:

— Vamos.

E nós subimos para casa.

E fui para o meu quarto e fiquei pensando no sorriso de simpatia do Vicente e pensei que Vicente era o mesmo nome do Van Gogh, porque o Van Gogh se chamava Vincent, que é Vicente em holandês. E pensei que isso era uma coincidência, porque o único jeito de isso não ser uma coincidência era os pais do Vicente terem batizado o Vicente assim por causa do Van Gogh, porque aí existiria um motivo por trás.

E pensei que Vicente não é um nome comum, porque na minha turma mesmo não tinha nenhum Vicente, e eu não conhecia outro Vicente sem ser o Vicente que agora era porteiro do meu prédio, e o fato de o Vicente ser porteiro exatamente do meu prédio agora, sendo que eu gosto realmente do Van Gogh, era uma bruta coincidência. A menos que fosse um sinal, porque aí existiria um motivo por trás e seria uma conspiração metafísica.

E pensei no Van Gogh e lembrei que existia um motivo por trás de o Van Gogh se chamar Vincent, porque não era uma coincidência. E o motivo por trás de o Van Gogh se chamar Vincent era que o irmão mais velho do Van Gogh também tinha sido batizado Vincent e tinha nascido um ano antes dele, no mesmo dia, que era 30 de março, mas tinha morrido aos 6 meses, o que era realmente horrível. E os pais do Van Gogh decidiram chamar o Van Gogh com o nome do irmão morto.

E decidi que não queria pensar em nada disso agora, porque só queria pensar no sorriso de simpatia do Vicente, embora não tivesse muito para pensar a esse respeito, porque era só um sorriso.

······(*No presente*)······

Eu estava sentindo como se fosse uma aflição e tive vontade de tocar piano e precisei me segurar para não tocar, porque era como se eu tivesse muita energia para correr e saltar obstáculos e nadar, mas vivesse trancado num lugar mínimo que não me permitia fazer nada disso, de modo que parecia que eu ia estourar.

E foi nessa hora que aconteceu como se a minha cabeça fosse o céu, e o céu se abrisse para Deus falar uma coisa importante para Moisés ou para Jesus, mas a coisa importante era a voz de um dos meninos que implicavam comigo, e a voz do menino disse: "Gosta de homem, BICHINHA?" E, em vez de estourar, foi como se eu explodisse para dentro, porque a aflição virou um tipo de pânico.

E me lembrei das bolas e do pinto do Ricardo e me lembrei das bolas e do pinto do Mateus e me lembrei do sorriso de simpatia do Vicente e comecei a sentir uma dor de cabeça que começava junto dos olhos e apertava o meu crânio como se fosse uma mão invisível muito forte.

Aí tomei um remédio para dor de cabeça e me deitei na cama, e o Wolfgang se deitou na minha barriga e ficou testando as unhas na minha camisa, de modo que me arranhava, e senti vontade de jogar o Wolfgang no chão ou fazer alguma maldade com ele, mas não joguei ele no chão nem fiz nenhuma maldade com ele, porque isso seria realmente terrível, porque eu amo o Wolfgang e sou contra qualquer violência contra os animais, e era isso que um dia faria de mim um ótimo veterinário, porque eu gostaria de todos os meus pacientes e tentaria curar todos e ficaria triste quando algum deles morresse, embora morrer faça parte da vida, o que parece uma contradição ou uma piada mas não é, porque é verdade e é o que as pessoas dizem para confortar os viúvos e os órfãos e os pais que perderam os filhos e os avós que perderam os netos e todo mundo que perdeu alguém querido, mesmo quando esse alguém é um animal.

Aí pensei no tio Ivan.

E pensei que eu realmente era um grande idiota, porque só um grande idiota passaria dias e mais dias imaginando o que fazia de um boiola um boiola quando todo mundo sabia que o que fazia de um boiola um boiola era o boiola gostar de homem. E imaginei o que eu poderia procurar no apartamento do tio Ivan para saber se ele era ou não boiola, mas estava desanimado com a minha inteligência, porque a minha inteligência estava mostrando que não era muita.

Eu queria pensar na investigação, porque não queria pensar na voz do menino que implicava comigo e não queria pensar que às vezes ficava de pinto duro quando pensava nas bolas e no pinto do Ricardo e que às vezes ficava de pinto duro quando pensava nas bolas e no pinto do Mateus e que tinha ficado de pinto duro até de pensar no sorriso de simpatia do Vicente. E lembrei daquilo que o Ricardo disse sobre os átomos, que são o que constitui a gente, e pensei que, se 98% dos nossos átomos são substituídos todos os anos, isso queria dizer que todos os anos a gente é renovado, e isso queria dizer que todos os anos a gente pode mudar, de modo que era ótimo, embora eu não visse tantas mudanças nas pessoas em geral, de um ano para outro, porque elas sempre pareciam ser o que eram no ano anterior, simpáticas ou mal-educadas ou nervosas.

A minha dor de cabeça não tinha passado quando a mãe bateu na porta do meu quarto e disse:

— O almoço está pronto.

Aí respondi:

— Não estou com fome.

E ela abriu a porta e disse:

— Coma pelo menos alguma coisa.

E falei:

— Estou com dor de cabeça.

E ela se sentou na cama e começou a passar os dedos na minha testa e perguntou:

— Quer um remédio?

Aí senti o nó da minha garganta apertar e respondi:

— Já tomei.

E ela disse:

— Vai melhorar.
Mas eu estava com muita dor, e era como se a mão invisível que parecia apertar a minha cabeça fizesse cada vez mais força, e respondi:
— Não vai, não.
E comecei a chorar. O que era péssimo.
E a mãe olhou nos meus olhos e perguntou:
— O que foi, filho?
E respondi:
— Eu estou com dor.
E a mãe continuava passando os dedos na minha testa e disse:
— Eu sei.
Mas ela me olhava como se visse além da dor de cabeça e visse tudo aquilo que eu tinha pensado antes da dor de cabeça e antes de ela entrar no quarto.

Aí pensei que, se os meninos da escola achavam que eu podia ser boiola antes de eu achar que podia ser boiola, a mãe certamente também achava que eu podia ser boiola, porque a mãe é mais inteligente do que todos os meninos da escola juntos, porque a mãe sempre foi boa aluna e já tinha feito faculdade e já tinha feito mestrado, que é o que vem depois da faculdade, se a pessoa quiser continuar estudando, de modo que a mãe talvez não precisasse ler o BICHINHA no caderno e não precisasse ver o arranhão na minha perna para desconfiar de que eu podia ser boiola.

Mas eu não tinha certeza disso, porque a mãe não era menino, e talvez fosse uma coisa que só os meninos percebessem, porque nunca nenhuma menina tinha me chamado de boiola, de modo que existia uma esperança.

E mais uma vez eu pensei em como seria bom ser como o professor Xavier para poder ler os pensamentos da mãe, e para mim realmente seria suficiente ler os pensamentos da mãe, de modo que eu não precisava ter tanto poder quanto o professor Xavier, porque o professor Xavier podia ler os pensamentos de qualquer pessoa.

E a mãe beijou a minha testa e disse:

— Você é a minha vida, sabia?

Que era uma coisa que ela costumava dizer. Mas não respondi, porque não podia dizer que sabia, porque já não sabia de nada.

E pensei que era verdade o que o tio Ivan tinha me dito um dia, porque o tio Ivan tinha me dito que quanto mais a gente sabia de uma coisa, mais a gente sabia que não sabia daquela coisa, o que parecia uma bobagem, mas não era, porque os meninos que implicavam comigo implicavam comigo dizendo que eu era boiola, e o que fazia de um boiola um boiola era o boiola gostar de homem, mas eu nunca tinha dito aos meninos que implicavam comigo se gostava ou não de homem, porque eu nem sabia se gostava ou não de homem, porque eu amava a Fernanda Dias e queria namorar com ela e ir com ela ao cinema e ao zoológico e levar a Fernanda Dias na minha casa, para ela conhecer o pai e a mãe, mas também era verdade que eu pensava nas bolas e no pinto do Ricardo e nas bolas e no pinto do Mateus, e era verdade que agora eu não conseguia esquecer o sorriso de simpatia do Vicente, de modo que talvez eu fosse boiola, mas, de qualquer jeito, eu nunca tinha dito aos meninos que implicavam comigo se gostava ou não de homem, de modo que deviam existir mais coisas por trás de ser boiola, embora eu não soubesse que coisas eram essas, embora tivesse a ver com o fato de a pessoa tocar piano e tivesse a ver com o jeito que a pessoa respondia "presente" na chamada e tivesse a ver com o fato de a pessoa não querer jogar futebol nem vôlei na educação física. E lembrei do gráfico que o tio Ivan tinha feito para me explicar que quanto mais a gente sabia de uma coisa, mais a gente sabia que não sabia daquela coisa, que era assim:

———————(*No presente*)———————

onde A era tudo que a gente sabia, e B era tudo que a gente não sabia, e C era o ponto de contato entre A e B, de modo que era tudo que a gente sabia que não sabia. De modo que era bastante compreensível, embora no começo pudesse parecer uma bobagem.

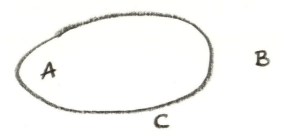

Antes de sair do meu quarto, a mãe disse que o almoço era galinha ao molho pardo, que era um prato que eu adorava, e disse que eu deveria tentar comer um pouco, porque talvez isso ajudasse a melhorar a dor de cabeça. Mas eu realmente não estava sentindo a menor fome e falei que mais tarde comeria, o que talvez não fosse verdade, porque não sabia se comeria mais tarde, porque era provável que não, mas não fiquei com a consciência pesada por estar mentindo, porque estava mentindo por um motivo que também era uma boa ação, porque a mãe ficaria menos preocupada e poderia almoçar em paz com o pai.

O Mateus era chamado de nerd porque usa óculos, tira boas notas, gosta de matemática e quer fazer informática quando crescer. Mas o Mateus não se importava muito em ser chamado de nerd porque a mãe dele tinha dito que aquilo era inveja dos outros meninos, que não dariam para nada na vida, e que os outros meninos parariam de implicar com ele no futuro. De modo que o futuro seria uma época melhor para o Mateus. E ele sonhava que no futuro a Carolina Fraga olharia para ele com mais atenção, porque ele daria em alguma coisa na vida, e essa coisa era um profissional bem-sucedido na área de informática, de modo que ele teria dinheiro, que era uma coisa que atraía as pessoas.

Mas às vezes o Mateus perdia um pouco a paciência com a chegada do futuro, porque o futuro pode demorar a chegar, e o Mateus ficava falando sobre a Carolina Fraga como se a Carolina Fraga já fosse namorada dele ou ficava falando sobre a Carolina Fraga de um jeito que era um jeito em voz baixa, como quando a gente está realmente pensando no assunto e não está só falando por falar. Que era igual a quando ele falava das mulheres que posavam nas revistas de mulher pelada, que ele conseguia com um primo mais velho. E quando o Mateus falava das mulheres que posavam nas revistas de mulher pelada era realmente assustador, porque era como quando a pessoa está com fome e começa a falar de um prato muito bom, como a própria galinha ao molho pardo, de modo que fica falando no caldo sobre o arroz e fica falando no angu que pode acompanhar a galinha ao molho pardo e talvez na couve que também pode acompanhar a galinha ao molho pardo, de modo que a pessoa fica concentrada no prato. E era assim que o Mateus ficava quando falava em voz baixa na Carolina Fraga ou quando falava em voz baixa nas mulheres que posavam nas revistas de mulher pelada, e às vezes eu puxava o assunto porque o Mateus gostava de falar sobre o assunto, e eu gostava de ver ele gostando.

E era isso que eu estava pensando na cama, à noite, depois de não ter almoçado nem jantado a galinha ao molho pardo, porque realmente não estava com fome, embora a dor de cabeça tivesse passado.

Aí pensei duas coisas. E a primeira coisa que pensei foi que eu não sentia que podia falar com a mãe que me chamavam de boiola na escola, como o Mateus tinha falado com a mãe dele que chamavam ele de nerd na escola, porque eu sentia vergonha. E porque eu era um rato.

(No presente)

 E a segunda coisa que pensei foi que as revistas de mulher pelada eram uma coisa que o Mateus realmente gostava e eram uma coisa que o Ricardo gostava e eram uma coisa que o pai gostava, porque às vezes o pai comprava a Playboy, e a mãe dizia que não ligava, porque não tinha ciúme, e era verdade que ela não deveria ter ciúme, porque a mãe é a Mulher Mais Bonita do Mundo, sem nenhuma dúvida, mas acho que a mãe sentia um pouco de ciúme, porque ela ficava irritada e falava mal dos defeitos que a mulher pelada tinha e, quando parecia que a mulher pelada não tinha defeitos, a mãe dizia que aquilo era coisa de Photoshop, que é um recurso de computador para melhorar as fotografias, que as revistas de mulher pelada usam para deixar a mulher pelada mais bonita do que ela é. E é um recurso de computador que não teria utilidade num caso como o da mãe, por exemplo, porque a mãe é realmente linda, que era uma coisa que todo mundo comentava, e até o Mateus já tinha comentado. E a mãe tinha sido Rainha da Primavera na época dela, que é a época em que a pessoa está estudando, que é uma coisa que sempre me deixava com um nó na garganta, porque, se essa época de agora era a minha época, eu preferia viver numa época que não fosse a minha.

 Mas a segunda coisa que pensei foi que os homens gostavam das revistas de mulher pelada e gostavam das revistas de mulher pelada mesmo quando a mulher pelada não era tão bonita assim, porque as revistas de mulher pelada que o Mateus conseguia com o primo mostravam mulheres que às vezes eram realmente estranhas e que pareciam mais peladas do que as mulheres peladas da Playboy, embora isso fosse bobagem, porque pelado é pelado. Mas o fato de os homens gostarem das revistas de mulher pelada me parecia uma verdade universal, quando os homens gostavam de mulher. Só que os boiolas gostam de homem, de modo que eles provavelmente gostavam das revistas de homem pelado, que era apenas seguir um raciocínio lógico, que não exigia demais da inteligência de ninguém, porque, se exigisse demais da inteligência da pessoa, eu provavelmente não teria chegado a essa conclusão, porque minha inteligência já tinha mostrado que era pouca.

E o que aconteceu foi que pensei que agora eu tinha o que procurar no apartamento do tio Ivan, que eram revistas de mulher pelada e revistas de homem pelado, porque isso mostraria se o tio Ivan era homem ou boiola, de modo que fiquei acendido e decidi ligar para o Maurício.

Aí vi que já eram onze horas da noite e achei que o Maurício poderia estar dormindo, mas eu estava tão acendido que resolvi arriscar, embora eu soubesse que era errado, porque poderia perder a chance da minha visita, porque o Maurício poderia ficar irritado por ser acordado às onze horas da noite e não querer me receber, mas também é verdade que nós devemos seguir os nossos impulsos, que era uma verdade que o tio Ivan tinha me ensinado. De modo que segui os meus impulsos e liguei, e o Maurício atendeu, e falei:

— Maurício?

E ele disse:

— Oi?

E eu disse:

— Posso ir aí amanhã?

E ele ficou em silêncio por menos de um momento e disse:

— Quem está falando?

E fiquei sem graça, porque eu não tinha dito que era eu, e o Maurício não tinha obrigação de conhecer a minha voz, de modo que era normal que ele perguntasse quem estava falando. Mas fiquei me sentindo mais longe dele, como se a ligação tivesse ficado ruim. E respondi:

— É o André.

E ele disse:

— Oi, André.

E o Maurício não parecia irritado. Aí perguntei:

— Você estava dormindo?

(No presente)

E ele respondeu:
— Não, só durmo muito tarde.
De modo que a gente tinha uma afinidade, o que era ótimo. E perguntei:
— Você acorda tarde?
Que era fazer diálogo.
E ele respondeu:
— Não, tenho dormido pouco.
De modo que a gente tinha mais uma coisa em comum, aí eu disse:
— Não vá virar uma girafa.
E ri.
Mas o Maurício ficou em silêncio, depois perguntou:
— Hã?
E me dei conta de que o Maurício não sabia das girafas e expliquei:
— A girafa só dorme duas horas por dia.
E ele disse:
— Ah.
E eu disse:
— O elefante também só dorme duas horas por dia.
E ele disse:
— Sei.
E eu disse:
— É bom porque eles podem fazer companhia um ao outro.
E o Maurício riu, e eu não sabia mais o que dizer e comecei a ficar preocupado porque não queria fazer mais um silêncio sufocante, porque realmente seria demais, mas ouvi que ele estava ouvindo uma música e perguntei:
— O que você está ouvindo?
E ele respondeu:
— Erik Satie.
Que eu não conhecia, aí falei:

— Não conheço.

E deduzi que o Maurício estava falando comigo num telefone sem fio e que estava se aproximando do aparelho de som, porque a música estava ficando mais alta, e ele disse:

— Escute um pouco.

E deve ter botado o fone perto da caixa do aparelho de som, porque dava para eu ouvir a música muito bem, e o Erik Satie era um pianista, e a música me deixou com um nó na garganta, porque a música tem esse poder de deixar a pessoa com um nó na garganta ou acendida ou com saudade. E, quando a música terminou, o Maurício perguntou:

— Gostou?

E respondi:

— Gostei.

Porque era verdade.

E o Maurício disse:

— Então você quer vir aqui amanhã?

E fiquei realmente sem graça, mas respondi:

— É, eu queria procurar aquela coisa que eu tinha deixado com o tio Ivan.

E o Maurício disse:

— Vou passar o dia inteiro em casa, venha a hora que quiser.

❖

Eu estava com os pensamentos tão concentrados na investigação de descobrir se o tio Ivan era ou não boiola que só fui me lembrar que passaria pelo Vicente quando já estava dentro do elevador, de modo que a minha língua deve ter colado no céu da boca, embora eu não sentisse a língua colando no céu da boca, mas sentia o coração batendo como um coração de beija-flor, porque o Ricardo tinha me mandado um e-mail com mais uma Curiosidade do Mundo Animal, e a Curiosidade do Mundo Animal era que o coração do beija-flor

──(No presente)──

chega a bater mil vezes por minuto, porque o coração do beija-flor é o menor coração do reino animal. E o maior coração do reino animal é o coração da baleia, que bate só 25 vezes por minuto. E o meu coração batia tão rápido que parecia que a qualquer momento eu levantaria vôo. De modo que, quando passei pelo Vicente, não consegui dizer "Boa tarde, Vicente" como costumava dizer "Boa tarde, Batista" para o Batista, que era o porteiro antes de o Vicente virar porteiro do nosso prédio. De modo que só olhei para o Vicente, e ele disse:
— Oi, André.
E respondi:
— Oi.

E o Vicente sorriu o sorriso dele de simpatia, que era um sorriso que realmente dava na pessoa vontade de observar, mas, se a pessoa era um menino, talvez não fosse uma boa idéia observar, porque o Vicente poderia achar estranho. De modo que pensei que realmente o mutante que eu mais queria ser do Melhor Desenho Animado do Mundo era a Mística, porque, se eu fosse a Mística, agora eu me transformaria em alguma menina, mesmo que fosse uma menina muito feia, porque mesmo uma menina muito feia poderia observar o sorriso de simpatia do Vicente sem que ele achasse estranho.

Mas, se eu fosse a Mística, eu não precisaria escolher me transformar numa menina muito feia, de modo que me transformaria numa menina muito bonita, com um sorriso de simpatia que também desse na pessoa vontade de observar, de modo que o Vicente ficaria com vontade de observar meu sorriso de simpatia, e tudo seria como uma conspiração metafísica, embora não fosse uma conspiração metafísica, porque eu saberia que tudo tinha sido provocado, porque eu tinha me transformado numa menina com sorriso de simpatia que dava na pessoa vontade de observar justamente para dar no Vicente vontade de me observar. Só que eu não me importaria de que não fosse uma conspiração metafísica, porque o que importaria seria poder observar o sorriso de simpatia do Vicente em paz, enquanto ele me observava de volta.

Quando saí do prédio, pensei que precisava esquecer o sorriso de simpatia do Vicente e voltar a concentrar meus pensamentos na investigação de descobrir se o tio Ivan era ou não boiola, embora hoje eu tivesse um objetivo claro, e é mais fácil investigar quando temos um objetivo claro, como achar revistas de mulher pelada e achar revistas de homem pelado. De modo que eu estava otimista, que é quando a gente acha que as coisas vão dar certo mesmo quando tudo parece realmente péssimo.

No apartamento do tio Ivan, o Maurício me ofereceu uma torta de limão que ele tinha feito, que era deliciosa, e, quando acabei, ele perguntou:

— Quer mais?

E eu queria mais, porque estava realmente deliciosa, mas lembrei que não é educado repetir torta e respondi:

— Não, obrigado. Mas está uma delícia.

Que é para a pessoa não pensar que a gente está recusando porque não gostou, porque a gente só está recusando para ser educado.

E ele perguntou:

— Quer procurar a coisa que você deixou com o seu tio agora?

E respondi:

— Quero.

E ele disse:

— Você sabe o caminho.

E indicou o corredor, sorrindo um sorriso de simpatia.

Mas, antes de eu me levantar, perguntei:

— Será que eu posso fechar a porta do quarto?

E o Maurício ficou me olhando e respondeu:

— Pode.

De modo que, quando cheguei ao quarto, fechei a porta e tive que me segurar porque estava quase rindo alto, porque estava sorrindo um sorriso de alegria, porque poderia procurar as revistas de mulher pelada e as revistas de homem pelado em lugares como debaixo da cama e na mesinha-de-cabeceira, e não só no closet e na cômoda. E também poderia procurar na parte de cima do closet, porque o closet tinha uma prateleira alta que eu não alcançava, mas era só arrastar uma cadeira e subir na cadeira, de modo que todo o quarto estava à minha disposição, e era realmente da hora.

De modo que, mesmo quando vi o retrato do tio Ivan na cômoda, e senti o nó na garganta apertar, não senti o nó na garganta apertar muito, porque estava otimista e estava acreditando que tudo daria certo.

Aí comecei a investigação e comecei a investigação procurando debaixo da cama, mas só tinha alguns sapatos e tênis do Maurício. Aí olhei para a mesinha-de-cabeceira e pensei que talvez a mesinha-de-cabeceira guardasse as coisas do Maurício e pensei que seria errado vasculhar as coisas do Maurício, de modo que decidi que só investigaria a mesinha-de-cabeceira se ficasse claro que a mesinha-de-cabeceira guardava as coisas do tio Ivan. Então abri a primeira gaveta da mesinha-de-cabeceira e fiquei acendido, porque a coisa que tinha por cima de tudo era um retrato do tio Ivan, de modo que a gaveta guardava as coisas do tio Ivan.

E vi que por baixo do retrato tinha vários papéis e várias outras fotografias e vi que por baixo de tudo tinha umas revistas, que eram três, e fiquei com o coração de beija-flor outra vez e peguei as três revistas que estavam no fundo da gaveta, porque não tinha ido ao apartamento do tio Ivan para procurar papéis nem fotografias, porque tinha ido ao apartamento do tio Ivan para procurar revistas. E uma revista era a Bravo!. E as duas outras revistas eram revistas de mulher pelada.

E eu deveria ter ficado acendido, porque tinha encontrado a resposta da minha investigação e tinha descoberto que o tio Ivan não era boiola, de modo que o menino da escola que tinha feito a associação de idéias tinha feito uma associação de idéias errada, porque o tio Ivan tinha morrido de Aids mas não era boiola. Só que eu não estava acendido, porque estava sentindo um tipo de decepção, porque agora percebia que, no fundo, estava esperando que o tio Ivan fosse boiola, porque não tinha certeza, mas talvez eu fosse boiola, e seria bom saber que o tio Ivan era uma coisa que eu talvez fosse e que a gente tinha essa afinidade, porque eu me sentiria menos sozinho em ser boiola, mesmo que não pudesse conversar com o tio Ivan e perguntar a ele como ele se sentia quando via as bolas e o pinto de um homem ou como se sentia quando via o sorriso de simpatia de um homem que dava na pessoa vontade de observar, porque o tio Ivan estava morto.

E fiquei olhando as três revistas nas minhas mãos. E a primeira revista era a Bravo!, e a segunda revista era a Playboy de uma cantora famosa, e a terceira revista era a Playboy de uma atriz famosa. Mas não senti nem curiosidade de abrir as revistas, porque estava me sentindo um idiota por ter acreditado no menino da escola e estava me sentindo culpado por ter vasculhado as coisas do tio Ivan e estava sentindo uma vontade enorme de voltar para casa e ficar deitado na cama, brincando de fantasiar com alguma coisa muito boa que agora eu não conseguia imaginar, porque não conseguia pensar em nenhuma coisa muito boa.

Porque o sorriso de simpatia do Vicente não era uma coisa muito boa se eu não podia observar, e as bolas e o pinto do Mateus não eram uma coisa muito boa se eu não podia botar a mão, porque tinha que ser em segredo, quando o Mateus estava dormindo, de modo que era sem a permissão do Mateus, o que era realmente péssimo. E porque o mundo estava cheio de injustiças, como porcos que são fisicamente incapazes de olhar o céu e pessoas que morrem de doenças que acabam com a imunidade do corpo, de modo que elas têm doenças de intestino e doenças de pulmão e doenças de pele.

Aí guardei as revistas por baixo de todos os papéis e de todas as fotografias e já estava fechando a gaveta quando percebi que uma das fotografias na verdade não era uma fotografia, porque era um cartão-postal. E o cartão-postal tinha a imagem da Torre Eiffel, que fica em

(No presente)

Paris, na França, e a Torre Eiffel estava iluminada, e a fotografia tinha um efeito, de modo que a torre ficava tremida. E, apesar de saber que isso era muito errado, porque a gente não deve ler a correspondência dos outros, porque é terrivelmente feio, virei o postal e li a letra do tio Ivan, e a letra do tio Ivan dizia "Saudades do meu amor, Ivan", o que era engraçado, porque ele tinha mandado o cartão-postal para si mesmo, porque o cartão-postal estava na gaveta dele. E não tinha endereço nenhum escrito no lado onde deveria ficar o endereço e onde deveria ficar o nome da pessoa para quem a gente quer mandar o cartão-postal, de modo que ele tinha mandado o cartão-postal dentro de um envelope ou tinha trazido o cartão-postal na bagagem, o que fazia sentido, porque não é preciso botar o cartão-postal no correio se a pessoa para quem a gente quer mandar o cartão-postal é a gente mesmo. E vi que tinha outros cartões-postais na gaveta e li um cartão-postal de Veneza, que é uma cidade da Itália, que dizia "Não vejo a hora de te ver, beijos, Ivan" e li um cartão-postal de Madri, que é uma cidade da Espanha, que dizia "Não custa repetir: você é a minha sorte grande". E eu estava achando triste o tio Ivan escrever todos aqueles cartões-postais para si mesmo, porque era como se ele fosse muito sozinho e não tivesse ninguém para escrever essas coisas para ele, o que era realmente horrível.

Aí peguei um cartão-postal que na verdade não era um cartão-postal, porque era uma fotografia. E a fotografia era um retrato em preto-e-branco do tio Ivan com o Maurício, e o tio Ivan estava sorrindo um sorriso de alegria para a câmera, abraçado com o Maurício, e o Maurício estava de olhos fechados, beijando o rosto do tio Ivan.

E virei a fotografia e li uma letra que não era a letra do tio Ivan, e a letra que não era a letra do tio Ivan dizia "O casal mais charmoso da cidade em momento love". E eu sabia que love era amor em inglês, porque isso é uma coisa que todo mundo sabe.

Aí procurei mais fotografias e vi algumas fotografias só do tio Ivan e vi algumas fotografias só do Maurício e vi algumas fotografias do Maurício com o tio Ivan. Mas em nenhuma outra fotografia o Maurício beijava o rosto do tio Ivan e em nenhuma outra fotografia tinha a palavra love na parte de trás, porque as fotografias eram só o tio Ivan do lado do Maurício num restaurante ou o tio Ivan do lado do Maurício na praia ou o tio Ivan do lado do Maurício perto de um monumento. Aí peguei os papéis e vi que os papéis eram bilhetes, e eu sabia que precisaria rezar muitos pais-nossos e muitas ave-marias na próxima vez que fosse com a vó me confessar, mas abri o primeiro bilhete e li a letra do tio Ivan, e a letra do tio Ivan dizia "Te vejo: minha brisa vira vendaval". E abri outro bilhete e li uma letra que não era a letra do tio Ivan, e a letra que não era a letra do tio Ivan dizia "Vamos ser felizes para sempre?" E abri outro bilhete e li a letra que não era a letra do tio Ivan, e a letra que não era a letra do tio Ivan dizia "Eu e minhas deficiências. Me perdoa?"

E foi nessa hora que o Maurício bateu duas vezes na porta, e eu não sabia o que dizer, de modo que não disse nada, e não conseguia pensar rápido o suficiente, porque precisava guardar tudo na gaveta e fingir que estava procurando no closet ou na cômoda a coisa que eu disse que tinha deixado com o tio Ivan, mas parecia que tudo estava acontecendo em câmera lenta, porque eu mesmo estava lento, porque ainda estava com os pensamentos concentrados nos cartões-postais e nas fotografias e nos bilhetes. Porque, apesar das duas revistas de mulher pelada, parecia que o tio Ivan era boiola e parecia que o Maurício era boiola e parecia que o tio Ivan e o Maurício eram um casal, que era uma coisa que eu não sabia que dois boiolas podiam ser. De modo que eram muitos pensamentos que eu tinha na cabeça para organizar, porque, além de descobrir o objetivo da minha investigação, eu tinha encontrado um elemento-surpresa. De modo que não consegui sair do lugar quando o Maurício deu mais duas batidas na porta e não consegui dizer "Espera", que era uma coisa que eu poderia ter dito. De modo que o Maurício abriu a porta e me viu sentado na cama com os cartões-postais e as fotografias e os bilhetes. E o Maurício disse:

— André.

·····················(No presente)·····················

❧

Mas eu continuava sem conseguir fazer nada, de modo que não respondi e não me mexi, só fiquei olhando para o Maurício, e o Maurício estava olhando para mim e segurava um CD e também não dizia nada e não se mexia, de modo que nós estávamos fazendo outro silêncio sufocante, só que eu não estava preocupado com o silêncio sufocante, porque minha cabeça estava lenta e eu não conseguia nem ficar preocupado, porque meus pensamentos estavam embaralhados, de modo que não fiquei imaginando o que poderia dizer para acabar com o silêncio sufocante e disse:
— Você e o tio Ivan.
E o Maurício abaixou a cabeça e não disse nada.
E não imaginei o que poderia dizer para acabar com o silêncio sufocante e perguntei:
— A mãe sabe?
E o Maurício fez que sim com a cabeça e respondeu:
— Sabe.
E não imaginei o que poderia dizer para acabar com o silêncio sufocante e perguntei:
— A tia Lídia sabe?
E o Maurício fez que sim com a cabeça e respondeu:
— Sabe.
E não imaginei o que poderia dizer para acabar com o silêncio sufocante e perguntei:
— A vó sabe?
E o Maurício fez que sim com a cabeça e respondeu:
— Sabe.
E não imaginei o que poderia dizer para acabar com o silêncio sufocante e perguntei:
— O Ricardo sabe?
E o Maurício fez que sim com a cabeça e respondeu:

— Sabe.

E não imaginei o que poderia dizer para acabar com o silêncio sufocante e perguntei:

— O pai sabe?

E o Maurício fez que sim com a cabeça e respondeu:

— Sabe.

De modo que todo mundo sabia, menos eu.

Mas meus pensamentos continuavam embaralhados, porque tudo era estranho, porque o Maurício era o homem que alugava um quarto no apartamento do tio Ivan, e eu não sabia se dois boiolas podiam ser um casal e eu não sabia nem o que tinha acabado de perguntar ao Maurício, porque minha cabeça estava realmente lenta, o que talvez fosse mais um exemplo da minha inteligência, que já tinha mostrado que não era muita. E perguntei:

— O tio Ivan era boiola?

E o Maurício disse:

— Não fale assim.

E perguntei:

— Assim como?

E o Maurício disse:

— O seu tio era gay.

Que é outra palavra para descrever um boiola.

Aí o Maurício sentou na cama e começou a juntar os cartões-postais e as fotografias e os bilhetes, e vi que ele estava chorando, embora ele não estivesse chorando como uma pessoa que chora alto, porque ele estava chorando baixo, de modo que se um cego estivesse no quarto não saberia que ele estava chorando.

E pensei que talvez ele estivesse chorando porque eu tinha mexido nas gavetas dele, que é uma coisa realmente horrível, porque eu também ficava irritado quando a Luzia abria as minhas gavetas para guardar algum brinquedo ou algum caderno ou alguma coisa, embora eu nunca tivesse chorado. E falei:

— Desculpa.

(No presente)

 Aí o Maurício soltou um gemido baixo, que parecia estar preso na boca dele e parecia que não tinha conseguido mais esperar para sair. E o Maurício despenteou o meu cabelo.
 E nós ficamos sentados muito tempo sem fazer nada, a não ser pensando, porque meus pensamentos pareciam estar realmente decididos a não parar de se embaralhar, embora eu não soubesse no que o Maurício estava pensando. E perguntei:
— Por que ninguém me contou?
 E o Maurício demorou mais ou menos um momento para responder e respondeu:
— Porque você é novo.
E perguntei:
— Dois boiolas podem ser um casal?
 E o Maurício me explicou que boiola era uma palavra feia para chamar a pessoa de gay, porque gay era a palavra certa.
E perguntei:
— Dois gays podem ser um casal?
E o Maurício respondeu:
— Claro que podem.
 E me lembrei da fotografia do Maurício beijando o tio Ivan e pensei que era realmente estranho ver um gay beijando outro gay, porque parecia realmente errado, porque o certo era um homem beijando uma mulher, ou uma mulher beijando um homem. E vi que o Maurício estava lendo um bilhete com a letra que era a letra do tio Ivan, e a letra que era a letra do tio Ivan dizia "Obrigado por ontem à noite". E comecei a sentir dor de cabeça.
 De modo que falei:
— Vou pra casa.
E o Maurício disse:
— Calma, você quer conversar mais?
E respondi:
— Não. Quero ir para casa, porque estou com dor de cabeça.
E o Maurício perguntou:

— Quer que eu leve você?
E respondi:
— Não precisa.
E me levantei e saí do quarto e passei pelas telas da tia Lídia pensando que a tia Lídia sabia e que o Ricardo sabia. E, quando eu estava chegando perto da porta, o Maurício passou à minha frente e girou a chave na fechadura, dizendo:
— Deixe eu abrir, para você voltar.
Que é uma superstição, que é quando a pessoa acredita que, fazendo uma coisa, outra coisa vai acontecer. Sendo que superstição é uma besteira, porque o pai disse que é uma besteira, porque não tem fundamento. E porque eu não pretendia voltar àquele apartamento, mesmo o Maurício abrindo a porta para mim.
Aí o Maurício estendeu o CD que ele estava segurando, que eu já tinha esquecido, e o Maurício disse:
— Toma, fiz uma cópia para você.
E peguei o CD e vi que estava escrito ERIK SATIE. E agradeci, porque é o que a gente faz quando alguém nos dá um presente, mesmo quando esse presente não é um CD de verdade, porque é só um CD gravado no computador. E saí do apartamento com um nó na garganta.
E o nó na garganta não ficou mais folgado no caminho de casa e não ficou mais folgado quando cheguei ao meu prédio, porque na verdade o nó na garganta apertou quando cheguei ao meu prédio, porque o Vicente sorriu o sorriso de simpatia dele e disse:
— Oi, André.
E senti vontade de me trancar no quarto e ficar deitado na cama, de preferência sem o Wolfgang na minha barriga, mas se o Wolfgang quisesse ficar na minha barriga eu deixaria. E senti vontade de ficar para sempre no meu quarto e não ter que falar nunca mais com a mãe nem com o pai nem com a vó nem com a tia Lídia nem com o Ricardo e não ter que nunca mais ir ao colégio, porque eu detestava ir ao colégio, porque detestava a minha turma e todas as

(No presente)

outras turmas e o uniforme e a hora do recreio e o sinal de entrada. Porque a única coisa de que eu gostava era o sinal de saída.

❧

O Gandhi sempre passava um dia da semana em silêncio, só se comunicando com os outros por escrito, mas o Gandhi não devia morar com o pai e a mãe dele e não devia ter uma empregada como a Luzia, porque se o Gandhi morasse com o pai e a mãe dele e tivesse uma empregada como a Luzia não conseguiria passar um dia da semana em silêncio, porque eles não deixariam, porque entrariam no quarto dele e puxariam conversa. Mas eu morava com o pai e a mãe e tinha a Luzia de empregada, de modo que não podia ter com o Gandhi a afinidade de passar um dia da semana em silêncio, embora eu quisesse passar vários dias da semana em silêncio, porque sentia vontade, porque às vezes brincava de fantasiar que estava na Cúpula do Trovão com o Wolfgang e o Johann e a Clementina, e que ninguém poderia nunca entrar onde a gente estava. Mas a brincadeira acabava quando alguém batia na porta e entrava no quarto, o que acontecia sempre, porque em nenhum dia da semana tinha um elemento-surpresa como alguém não bater na porta.

Outra afinidade que o Gandhi e eu não tínhamos era que o Gandhi era vegetariano, o que quer dizer que ele não comia carne, e eu como carne, embora admire quem não come carne, porque quanto mais pessoas não comerem carne, menos animais vão ser mortos no mundo. Mas eu como carne, porque adoro, o que é péssimo.

E outra afinidade que o Gandhi e eu não tínhamos, embora a gente pudesse ter essa afinidade se o pai e a mãe e a Luzia não interferissem mais uma vez e não insistissem sempre, era que o Gandhi costumava jejuar, que é ficar sem comer, que era uma coisa que eu faria se pudesse, porque nos últimos tempos não sentia nenhuma fome, porque só de pensar em comida minha barriga embrulhava, de modo que eu não queria comer nem os sonhos lindos da Luzia.

Mas o pai e a mãe e a Luzia estavam decididos a não me deixar ser pacifista.

De modo que eu poderia me tornar uma pessoa com espírito de guerrear e ser uma pessoa que detesta todo mundo, mas o amor me salvou.

Que é uma coisa que acontece nos filmes e que agora estava acontecendo comigo, porque a vida imita a arte.

Porque eu vi que não precisava ficar pensando no fato de o tio Ivan e o Maurício serem um casal e não precisava ficar pensando no retrato do Maurício beijando o rosto do tio Ivan e não precisava ficar pensando nas bolas e no pinto do Mateus e nas bolas e no pinto do Ricardo e no sorriso de simpatia do Vicente, porque eu podia pensar na Fernanda Dias, porque era verdade que eu amava a Fernanda Dias e era verdade que era muito menos difícil pensar na Fernanda Dias e era verdade que eu tinha sorte, porque o meu amor era um amor correspondido, porque a Luzia costumava dizer que não existe nada mais triste do que amor não correspondido.

De modo que escrevi uma bruta carta caprichada para a Fernanda Dias e fiquei acendido quando descobri que teria uma festa na casa da Patrícia Machado, porque a Patrícia Machado fazia aniversário, de modo que eu poderia chamar a Fernanda Dias para dançar e nós poderíamos começar a namorar, o que seria da hora.

De modo que passei a semana inteira concentrado na festa. E não saía do quarto e, por isso, não saía do prédio e, por isso, não passava pelo Vicente e não via o sorriso de simpatia do Vicente. E não deixava meus pensamentos começarem a lembrar as bolas e o pinto do Mateus e as bolas e o pinto do Ricardo. E não deixava meus pensamentos começarem a lembrar o tio Ivan e o Maurício. De modo que foi um tipo de alívio quando a mãe bateu na minha porta e entrou no quarto e viu a camisa do touro jogada na cadeira, porque a mãe disse:

— Essa camisa é do Ivan.

E eu disse:

(No presente)

— É.
E ela pegou a camisa e cheirou a camisa e disse:
— Ainda está com o cheiro dele.
E eu disse:
— Está.
E ela perguntou:
— Sabe por que essa camisa tem um touro na frente?
E respondi:
— Não.
E ela disse:
— Porque a Espanha é famosa pelas touradas.
Que eram uma coisa horrível, da qual a Espanha deveria se envergonhar. De modo que botei a camisa no fundo de uma gaveta e não precisei mais olhar para ela, porque era uma camisa que fazia propaganda de uma coisa realmente péssima.
Mas às vezes eu pensava no tio Ivan quando estava dormindo, porque aí era um sonho, e o sonho é um negócio que a pessoa não pode controlar, de modo que uma noite eu sonhei que o tio Ivan estava no inferno, e foi um sonho assustador, porque o tio Ivan chorava e dizia que estava arrependido de todos os seus pecados, mas ninguém ouvia, de modo que foi uma sorte quando a Luzia disse:
— Acorda, Belo.
E acordei.
Aí perguntei à Luzia:
— Você acredita em inferno?
E a Luzia respondeu:
— O inferno é aqui mesmo.
De modo que: A) a Luzia estava doida, ou B) eu não tinha entendido direito quando me explicaram o que era inferno.
No dia da festa da Patrícia Machado, fui ao shopping com a mãe para comprar uma roupa nova, porque queria ficar bonito para a Fernanda Dias, de modo que comprei uma camisa pólo verde e uma calça cáqui, que a mãe me ajudou a escolher, embora a

mãe ajudasse atrapalhando, porque quando eu decidia que queria uma camisa ela inventava que outra camisa era mais bonita, e eu tinha que experimentar a outra camisa, de modo que era mais cansativo do que deveria ser. Mas eu estava animado, e não tinha problema.

Aí compramos o presente da Patrícia Machado, e o presente da Patrícia Machado foi um par de brincos que a mãe disse que eram divinos, de modo que deveriam ser divinos, porque a mãe tem bom gosto, porque todo mundo elogia as roupas dela e elogia tudo que ela usa, porque tudo que ela usa fica bem nela. De modo que eu estava confiante no presente.

E, além da camisa pólo verde e além da calça cáqui, botei uns sapatos de couro marrons que eu já tinha, mas que estavam quase novos, porque eu raramente usava, porque raramente usava sapatos, porque sempre usava tênis, e passei o perfume do pai, que se chama Fahrenheit.

Foi uma sorte que a mãe quisesse me levar ao prédio da Patrícia Machado, porque assim o pai não precisava me levar, porque, no caminho, nós tínhamos que parar no prédio do Mateus, para pegar o Mateus, e na frente do prédio do Mateus geralmente não tinha vaga, de modo que a pessoa precisava parar em fila dupla. E foi uma sorte que a mãe quisesse me levar ao prédio da Patrícia Machado porque assim eu não ficaria preocupado pensando no que dizer quando o pai estivesse assobiando ou tamborilando os dedos no painel do carro, ou quando o pai estivesse fazendo silêncio. Porque agora eu não queria me preocupar com nada, porque queria me concentrar em estar acendido.

E também foi uma sorte que a mãe quisesse me levar ao prédio da Patrícia Machado porque a festa da Patrícia Machado não seria no apartamento da Patrícia Machado, porque seria no play. E o pai é contra festa em play, por causa do barulho. Porque se todo mundo resolvesse comemorar aniversário no play a vida na cidade seria insuportável.

·····(*No presente*)·····

E o barulho da festa da Patrícia Machado estava realmente grande, porque a música estava alta e porque os convidados queriam conversar, apesar de a música estar alta, de modo que os convidados precisavam gritar para conversar, de modo que podia ser insuportável até para quem estava na festa, se a pessoa não estivesse no clima de ouvir gente gritando. Mas eu estava no clima.

Quando cheguei com o Mateus ao play da Patrícia Machado, a Fernanda Dias já estava na festa. E a Fernanda Dias estava linda, com uma roupa que deixava ela ainda mais bonita do que quando ela estava com o uniforme da escola, embora ela fosse bonita de qualquer maneira, mesmo com o uniforme da escola, que era realmente feio e deprimente.

Mas, quando cheguei com o Mateus ao play da Patrícia Machado, a música que estava tocando era axé, de modo que eu não podia chamar a Fernanda Dias para dançar, porque eu teria que esperar começar a tocar uma música lenta, porque eu não sabia dançar axé, porque não gostava de axé, porque eu não era tão eclético assim. De modo que o Mateus e eu ficamos num canto, gritando para conversar, e foi divertido, porque era divertido conversar com o Mateus mesmo quando a gente precisava gritar. E o Mateus me contou de uma nova banda que ele tinha descoberto, que era realmente da hora, que ele me mostraria depois da festa, porque ele tinha botado o aparelho de som dele na mochila, e a mochila a essa hora já estava na minha casa, porque a mãe tinha levado a mochila dele, porque ele dormiria na minha casa.

No meio da festa, antes de começar a tocar uma música lenta para que eu pudesse chamar a Fernanda Dias para dançar, um menino, que era um dos meninos que implicavam comigo me chamando de boiola e que implicavam com o Mateus chamando ele de nerd, chamou a Fernanda Dias para dançar, e a Fernanda Dias aceitou. De modo que fiquei menos acendido, porque já não estava tocando axé, porque estava tocando rock, de modo que eu até poderia ter chamado a Fernanda Dias para dançar, porque gostava de rock, se eu não fosse um rato.

Aí pensei que agora seria realmente incrível se eu tivesse o poder do Ciclope, porque o poder do Ciclope são os raios que saem sem parar dos olhos dele, de modo que o Ciclope precisa usar óculos especiais, porque senão ele destruiria tudo que estivesse ao seu redor sempre que estivesse de olhos abertos. Mas, se eu fosse o Ciclope, tiraria os óculos especiais agora e eliminaria o menino que era um dos meninos que implicavam comigo e com o Mateus. E talvez eliminasse o resto dos meninos que implicavam comigo e com o Mateus, de modo que a Cúpula do Trovão nem teria mais serventia.

Mas eu não tinha o poder do Ciclope e fiquei olhando a Fernanda Dias dançando com o menino que era um dos meninos que implicavam comigo e com o Mateus. E notei que a Fernanda Dias às vezes olhava para mim, porque ela gostava de mim, porque tinha confirmado isso na última carta que tinha me mandado, depois da bruta carta caprichada que eu tinha escrito para ela. Mas, vendo a Fernanda Dias dançando com o menino que era um dos meninos que implicavam comigo e com o Mateus, fiquei com medo de que ela tivesse desistido de esperar, porque não existe nada pior do que esperar, como quando a gente espera por uma viagem ou como quando a gente espera pelo Natal. Só que, no caso da Fernanda Dias, a espera era uma espera ainda pior, porque, quando a gente espera por uma viagem ou espera pelo Natal, a gente pelo menos sabe o dia que vai ser a viagem e o dia que é o Natal, mas a Fernanda Dias não sabia qual era o dia que eu resolveria deixar de ser tímido.

Quando a música que era rock acabou, a Fernanda Dias voltou para onde estava, que era junto da Patrícia Machado e de outras meninas, de modo que senti um tipo de alívio. Aí começou a tocar uma música lenta, e a minha língua deve ter colado no céu da boca, e senti o coração batendo como o coração de um beija-flor, porque agora realmente tinha chegado a hora e eu teria que chamar a Fernanda Dias para dançar, porque nós começaríamos a namorar e tudo ficaria ótimo. Só que eu não conseguia comandar as minhas pernas para que elas me levassem até a Fernanda Dias. E vi que a Fernanda

───(*No presente*)───

Dias me olhava de um jeito como se quisesse me incentivar, de leve, porque a Fernanda Dias também era tímida, o que eu gostava. Mas, mesmo que a Fernanda Dias não fosse tímida, o certo era o menino chamar a menina, de modo que ela teria que esperar a minha iniciativa. E existe uma palavra para o que a gente estava vivendo e essa palavra é mamihlapinatapai, que é uma palavra da Terra do Fogo, que é uma ilha que fica no sul da América do Sul, e mamihlapinatapai quer dizer "olhar para o outro na esperança de que ele se ofereça para fazer algo que os dois desejam, mas que nenhum dos dois é capaz de fazer", que é a palavra mais resumida do mundo. E era assim que a gente se olhava. De modo que eu estava me sentindo um rato de novo, de modo que não me reconheci quando falei para o Mateus:

— Vou chamar a Fernanda Dias para dançar.

E segui na direção da Fernanda Dias, que estava junto da Patrícia Machado e de outras meninas, e, quando cheguei perto delas, perguntei à Fernanda Dias.

— Quer dançar?

E as meninas começaram a rir, e fiquei sem graça, porque não sabia se elas estavam rindo um riso de terem achado engraçado ou se estavam rindo um riso de terem achado bacana porque finalmente eu tinha perdido a timidez e agora a Fernanda Dias e eu dançaríamos e começaríamos a namorar. E a Fernanda Dias respondeu:

— Quero.

Aí a gente se abraçou, que é como as pessoas dançam música lenta, e foi realmente ótimo. Porque eu fazia carinho nas costas dela, e ela fazia carinho nas minhas costas, e nós dançávamos a música lenta muito mais lentos do que a própria música, porque a gente estava concentrado na gente. E me dei conta de que a Fernanda Dias era como uma caverna.

Só que a música acabou, e nós ficamos sem saber o que fazer, porque de repente as minhas mãos não podiam mais estar nas costas dela, porque as minhas mãos não tinham isso que era o álibi da música, e as mãos dela também não podiam mais estar nas minhas costas, porque também não tinham o álibi da música, de modo que a gente não sabia onde botar as mãos e não sabia o que dizer, porque a gente não queria ficar longe um do outro, mas não sabia o que fazer para continuar perto, de modo que precisava de uma ajuda externa, e a ajuda externa foi que começou a tocar outra música, e essa música também era uma música lenta, de modo que nós recomeçamos a dançar, e eu recomecei a fazer carinho nas costas da Fernanda Dias, e ela recomeçou a fazer carinho nas minhas costas. Mas eu sabia que precisava tomar outra iniciativa, porque senão a gente só ficaria dançando e não namoraria nunca, porque namorar era o objetivo. De modo que cheguei meu rosto bem perto do rosto da Fernanda Dias, e nós ficamos dançando com o meu rosto colado no rosto dela, enquanto a gente fazia carinho nas costas da gente.

Aí a música que estava tocando acabou e começou a tocar uma outra música que também era uma música lenta, e essa outra música acabou e começou a tocar mais uma música que também era uma música lenta, e essa música acabou e começou a tocar mais uma música que também era uma música lenta, mas eu não conseguia passar da etapa de estar dançando com o rosto colado no rosto da Fernanda Dias enquanto a gente fazia carinho nas costas da gente, porque não conseguia dizer nada no ouvido dela, por mais que o ouvido dela estivesse perto da minha boca, de modo que eu nem precisaria falar, porque bastaria cochichar, e o cochicho poderia ser qualquer coisa como "Você está muito bonita" ou "Quer namorar comigo?", mas parecia que tinha uma tampa na minha garganta, de modo que eu não conseguia. Ou então eu poderia virar um pouco mais o rosto e não precisaria nem dizer nada, porque eu poderia simplesmente beijar a boca da Fernanda Dias, porque isso inauguraria o nosso namoro, porque é o beijo que inaugura o namoro, porque o beijo é o que diferencia o namoro da amizade, porque a Fernanda Dias e eu estarmos dançando com o meu rosto colado no rosto dela, enquanto a gente fazia carinho nas costas da gente, estava dentro do que se

──(*No presente*)──

pode fazer na amizade. Só que parecia que tinha uma barra de ferro no meu pescoço, de modo que eu não conseguia virar mais a cabeça para beijar a Fernanda Dias. E a música que estava tocando acabou, e a música que começou a tocar em seguida não foi uma música lenta, de modo que a gente se separou, e as amigas da Fernanda Dias vieram dançar com a gente, e eu estava me sentindo péssimo, porque não tinha conseguido começar o namoro, e fui para onde estava o Mateus, e o Mateus disse:

— Ê, o cara!

Como se eu tivesse feito uma coisa realmente da hora.

Aí olhei para a Fernanda Dias e vi que ela parecia feliz, porque ela estava conversando com as amigas como se estivesse contando o que fez num fim de semana desses fins de semana em que a gente faz coisas realmente incríveis, como conhecer um lugar novo. E pensei que talvez eu tivesse mesmo feito uma coisa da hora, porque, apesar de não ter conseguido começar a namorar a Fernanda Dias, eu tinha conseguido chamar ela para dançar, e a gente tinha dançado várias músicas lentas seguidas, de modo que já era um avanço, porque eu nunca tinha falado nada com a Fernanda Dias e agora tinha perguntado "Quer dançar?", de modo que da próxima vez eu realmente poderia iniciar o namoro, porque já estaria experiente em falar e dançar com ela. Porque as coisas acontecem ao seu tempo.

Mas tudo que é bom dura pouco.

De modo que, quando o Mateus e eu chegamos em casa, o Mateus começou a falar em voz baixa do que teria feito se tivesse dançado uma música lenta com alguma menina, porque ele teria esfregado o pinto duro contra a xoxota da menina. E falei que era isso que eu tinha feito, que eu tinha esfregado o pinto duro contra a xoxota da Fernanda Dias, embora não fosse verdade, porque meu pinto não tinha ficado duro, e eu não tinha esfregado meu pinto mole na xoxota da Fernanda Dias, embora tivesse sido realmente gostoso dançar com ela e sentir o carinho dela nas minhas costas. Mas eu queria imitar o Mateus falando em voz baixa daquele jeito e falei em voz baixa da xoxota da Fernanda Dias, e o Mateus ficou de pinto duro e começou a apertar o pinto duro e falar em voz baixa das mulheres peladas que ele tinha visto na última revista de mulher pelada que o primo tinha dado a ele. De modo que o Mateus botou a mão por baixo da cueca e ficou passando a mão no pinto duro, e eu tinha que fazer força para não olhar o pinto duro do Mateus, porque eu nunca tinha visto um pinto duro sem ser o meu. E senti que minha garganta estava seca.

E pensei que, se o Mateus me olhasse do jeito como a Fernanda Dias tinha me olhado antes de eu chamar ela para dançar, e se a gente passasse por uma situação de mamihlapinatapai, eu ficaria tímido, mas não ficaria parado no meu lugar, porque a vontade seria maior do que a timidez, porque, mesmo sem ele me olhar do jeito como a Fernanda Dias tinha me olhando antes de eu chamar ela para dançar, e mesmo sem a gente passar por uma situação de mamihlapinatapai, eu queria descer da minha cama e deitar ao lado do Mateus e queria dizer para ele o que eu estava sentindo. E o que eu estava sentindo era que, se ele fosse gay, nós poderíamos ser um casal, porque dois gays podem ser um casal.

Aí me lembrei do retrato do Maurício beijando o tio Ivan e disse:
— É melhor a gente dormir.

E apaguei o abajur e fechei os olhos e pensei na Fernanda Dias. Mas não conseguia dormir, porque estava sem sono e porque ainda estava de pinto duro, porque, por mais que eu pensasse na Fernanda Dias, o pinto duro do Mateus entrava na minha cabeça e eu me lembrava de como o Mateus tinha apertado o pinto duro por baixo da cueca, de modo que era impossível ter sono. De modo que olhei para o colchão onde o Mateus estava deitado e vi que o Mateus estava dormindo, porque ele estava respirando de boca aberta e roncava baixo. E senti uma vontade realmente grande de botar a mão no pinto do Mateus.

---(*No presente*)---

Eu sabia que o certo era não botar a mão no pinto do Mateus e sabia que deveria fazer mais força para tentar dormir, porque uma hora eu acabaria dormindo, mesmo que demorasse muito, porque uma hora o sono sempre vencia, mas a minha vontade era quase como se uma pessoa estivesse me mandando cumprir uma ordem, de modo que eu precisava botar a mão no pinto do Mateus, porque não podia descumprir a ordem, de modo que estendi o braço e botei a mão bem de leve na barriga do Mateus e vi que o Mateus não tinha acordado, porque ele continuava roncando baixo.

Aí botei a mão sobre a cueca do Mateus e senti o pinto do Mateus e parecia que eu ia estourar, porque o meu corpo parecia que estava num campo magnético e era como se eu estivesse flutuando. Só que a minha vontade me mandou cumprir a ordem de botar a mão no pinto do Mateus por baixo da cueca, e olhei para o rosto do Mateus e vi que ele estava dormindo e senti vontade de beijar o rosto do Mateus, como o Maurício tinha beijado o rosto do tio Ivan, só que o Maurício beijando o rosto do tio Ivan era realmente horrível, porque não parecia certo, porque o certo era um homem beijando uma mulher ou uma mulher beijando um homem, de modo que, se alguém tirasse uma fotografia minha beijando o rosto do Mateus, a pessoa que visse a fotografia certamente pensaria que não era certo, porque era um menino beijando outro menino, e não um menino beijando uma menina ou uma menina beijando um menino. Mas a minha vontade não estava com paciência de me esperar pensar em nada, de modo que eu precisava cumprir a ordem naquele instante e botei a mão no pinto do Mateus por baixo da cueca.

Aí fiquei passando a mão no pinto do Mateus, como o Mateus tinha feito quando estava falando em voz baixa das mulheres peladas que ele tinha visto na última revista de mulher pelada que o primo tinha dado a ele, e o pinto do Mateus começou a crescer na minha mão, porque o pinto do Mateus estava ficando duro. De modo que a minha garganta secou de uma maneira que era como se eu não bebesse água desde que tinha nascido, e senti uma coisa que era o contrário do coração de um beija-flor, porque era um tipo de calma, como se eu tivesse um coração de baleia, ao mesmo tempo em que o meu corpo ainda parecia que estava num campo magnético e ainda era como se eu estivesse flutuando.

O pinto duro do Mateus era maior do que o meu pinto duro e o pinto duro do Mateus também era como se fosse uma obra de arte, porque eu tirei o pinto duro do Mateus de baixo da cueca e vi o pinto duro do Mateus com a luz que vinha do aquário. E o pinto duro do Mateus era realmente bonito, de modo que a pessoa ficava querendo observar, de modo que observei o pinto duro do Mateus de um jeito totalmente concentrado, ao mesmo tempo que continuava passando a mão nele como o Mateus tinha feito.

Aí ouvi um gemido baixo do Mateus e era como se eu acordasse de um momento em que tivesse ficado hipnotizado pela obra de arte que era o pinto duro do Mateus, porque eu tinha ficado tão concentrado no pinto duro do Mateus que era como se o pinto duro do Mateus nem fizesse parte do corpo do Mateus. Aí voltei a olhar o rosto do Mateus e vi que o Mateus estava acordado, porque o Mateus estava olhando para mim.

E o Mateus estava olhando para mim de um jeito que eu não sabia se era o jeito de quem estava querendo me dar uma porrada ou se era o jeito de quem estava querendo que eu continuasse mexendo no pinto duro dele. E eu entenderia se o Mateus quisesse me dar uma porrada, porque eu era um menino botando a mão no pinto de outro menino, o que era errado, e porque eu tinha botado a mão no pinto dele enquanto ele dormia, sem a permissão dele, de modo que era realmente errado. E, se ele quisesse me dar uma porrada, isso talvez pudesse servir como um tipo de alívio, porque ele me daria um castigo por uma coisa que eu tinha feito que merecia castigo.

Mas o Mateus não me deu uma porrada, porque o Mateus pegou a minha mão e apertou a minha mão no pinto duro dele e me fez mexer a mão na velocidade que ele queria que eu mexesse, que era uma velocidade mais rápida do que a velocidade com que eu

(No presente)

tinha mexido até então, porque eu tinha mexido numa velocidade de carinho, e ele estava fazendo a minha mão mexer na velocidade de uma briga.

Aí o Mateus começou a gemer baixo de novo e fez a minha mão mexer numa velocidade ainda mais rápida, que era como se ele estivesse com raiva do próprio pinto duro e quisesse machucar o pinto duro. E o Mateus soltou um último gemido, que foi o gemido mais alto de todos, e diminuiu a velocidade com que fazia a minha mão mexer no pinto duro dele, até parar. E notei que o peito do Mateus era o peito de quem estava muito cansado, e parecia que o Mateus tinha acabado de correr uma prova de cem metros ou acabado de dançar várias músicas seguidas de axé, embora ele estivesse deitado.

E, quando olhei o rosto do Mateus de novo, vi que o Mateus estava olhando para mim e vi que o jeito com que o Mateus estava olhando para mim ainda era um jeito que poderia ser o jeito de quem queria me dar uma porrada ou o jeito de quem queria que eu continuasse e, por exemplo, desse um beijo no rosto dele, porque o pinto dele já não estava duro. Aí usei a associação de idéias e pensei que, na primeira vez que eu tinha pensado que ele estava olhando para mim de um jeito que podia ser o jeito de quem queria me dar uma porrada ou o jeito de quem queria que eu continuasse, ele quis que eu continuasse. De modo que abaixei o rosto para beijar o rosto do Mateus.

E o Mateus me empurrou e se virou de lado, para o lado que era o lado onde eu não estava. De modo que talvez o Mateus agora quisesse me dar uma porrada. De modo que fiquei com a língua colada no céu da boca e não sabia o que fazer, porque a minha cabeça estava realmente cheia, porque eu continuava de pinto duro e continuava querendo ficar junto do Mateus e queria saber o que o Mateus estava sentindo e por que ele não queria que eu continuasse e, por exemplo, beijasse o rosto dele. E queria saber se ele estava chateado e se nós ainda éramos amigos e falei, numa voz muito baixa:

— Mateus.

Mas o Mateus não se virou para mim. E o Mateus disse:
— Quero dormir.
De modo que eu estava mais uma vez na tempestade de neve. Só que a tempestade de neve agora era muito pior, porque eu tinha conhecido a Melhor Caverna do Mundo e porque a Melhor Caverna do Mundo provavelmente tinha se fechado para sempre. E porque talvez o Mateus não quisesse nunca mais falar comigo, porque era um direito dele. E porque talvez o Mateus espalhasse para todo mundo da escola o que tinha acontecido, porque era um direito dele. E a vida na escola seria realmente pior, porque agora todo mundo me chamaria de boiola, e não só os meninos que implicavam comigo e com o Mateus.

De modo que levei muito tempo para dormir e, quando acordei, pensei que seria ótimo se, quando eu olhasse para o Mateus, ele dissesse "Fechando a Cúpula do Trovão" e tudo estivesse normal, porque ele tinha esquecido, ou porque não tinha acontecido nada e tudo não passava da minha imaginação. Mas eu sabia que não seria assim, porque eu teria que olhar para o Mateus e teria que conversar com o Mateus, e isso era péssimo, mas, ao mesmo tempo, era o que se chama um mal necessário, porque as coisas poderiam se ajeitar, embora eu não soubesse como. Só que não foi preciso olhar para o Mateus nem conversar com o Mateus, porque quando olhei para o colchão o Mateus não estava ali deitado, e vi que a mochila dele não estava mais na bancada do computador.

De modo que, quando fui à cozinha e perguntei à Luzia:
— Cadê o Mateus?
Eu já sabia a resposta, e a resposta era:
— O Mateus foi embora.

❦

A Curiosidade do Mundo Animal que o Ricardo tinha mandado para o meu e-mail era realmente curiosa, porque era que "A bara-

(No presente)

ta sobrevive nove dias sem a cabeça e depois morre de fome". Mas não respondi à mensagem do Ricardo, agradecendo pela curiosidade, porque não sentia vontade, porque estava com raiva do Ricardo. Porque o Ricardo sabia do tio Ivan e do Maurício, assim como a tia Lídia e a vó e a mãe e o pai. E eu queria que todos se danassem. Porque às vezes a raiva que passou volta. De modo que, quando o pai veio me chamar para ir ao zoológico, respondi que não queria. Porque estava com raiva do pai e porque, para dizer a verdade, eu não me divertia muito no zoológico, porque era realmente horrível ver os animais presos, porque, se perguntassem ao tigre ou ao leão o que eles prefeririam, eles certamente responderiam que prefeririam estar na África, em liberdade, porque mesmo ter o almoço na hora certa e não precisar caçar para conseguir o almoço não compensavam a falta de liberdade, que também era a liberdade de não ter o almoço na hora certa e a liberdade de ter que caçar para conseguir o almoço.

Passei muitos momentos do domingo pensando se deveria ou não telefonar para o Mateus, porque uma parte de mim achava que eu deveria e a outra parte de mim achava que eu não deveria. E é muito melhor quando as duas partes da pessoa acham a mesma coisa, porque aí não tem dúvida e a pessoa pode telefonar em paz ou não telefonar em paz.

Mas, quando uma parte da pessoa quer uma coisa e a outra parte da pessoa quer outra coisa, o melhor que a pessoa faz é pedir a opinião de alguém e pedir um conselho. Só que eu realmente não podia pedir o conselho de ninguém, porque não podia explicar o que tinha acontecido, porque era um segredo. De modo que passei vários momentos pensando se deveria ou não telefonar para o Mateus e não cheguei a nenhuma conclusão, de modo que não telefonei para o Mateus. E comecei a jogar PlayStation, porque não podia tocar piano, porque tocar piano seria uma coisa que realmente me acalmaria, porque o piano tem essa qualidade, que é uma qualidade da hora quando a pessoa está numa fase de andar com a língua colada no céu da boca.

De modo que eu estava jogando PlayStation quando a mãe apareceu e perguntou:
— Você vai ficar o dia inteiro em casa?
E, de propósito, respondi:
— Por que não?
Aí olhei o rosto da mãe, para ver se ela tinha ficado triste e vi que os olhos da mãe estavam vermelhos e inchados, mas não estavam vermelhos e inchados por causa do que eu tinha acabado de dizer, porque estavam vermelhos e inchados de uma maneira que era a maneira como ficam os olhos da pessoa depois que a pessoa passa uma noite inteira chorando. De modo que me senti culpado, porque tinha pensado em fazer mal a ela. Porque eu amava a mãe, por mais que ela tivesse escondido de mim o fato de o tio Ivan e o Maurício serem um casal e por mais que ela tivesse escondido de mim o fato de o tio Ivan ter morrido de Aids. E pensei que, na verdade, se eu tivesse que escolher alguém para passar uma noite inteira chorando, eu preferia que eu passasse uma noite inteira chorando, porque a idéia de a mãe passar uma noite inteira chorando era horrível.

Aí um pensamento realmente péssimo entrou na minha cabeça, e o pensamento era que a mãe teria chorado a noite inteira por minha causa, porque o Mateus tinha soltado um gemido alto, e a mãe talvez tivesse ouvido aquele gemido alto do Mateus e talvez tivesse ouvido até os outros gemidos menos altos do Mateus e entendido o que estava acontecendo no meu quarto, ainda mais se ela tinha lido o BICHINHA no meu caderno e ainda mais se ela tinha desconfiado que o arranhão na minha perna tinha relação com o BICHINHA do caderno. E ainda mais porque a mãe era irmã do tio Ivan, de modo que a mãe talvez soubesse enxergar uns sinais de que alguma coisa estava errada, porque a mãe devia saber quais eram os sinais de a pessoa ser gay, e os sinais de a pessoa ser gay talvez fossem alguém escrever BICHINHA no caderno da pessoa, e alguém empurrar de raiva a pessoa, e a pessoa estar dormindo com um menino e o menino gemer de madrugada um gemido de quando estão passando a mão no pinto dele.

·······(*No presente*)·······

Aí criei coragem e perguntei:
— Por que você estava chorando?
E a mãe sorriu um sorriso que não era nem um sorriso de simpatia nem um sorriso de alegria e disse:
— Bobagem, coisa minha.
Que é uma maneira de mostrar para a outra pessoa que o problema está sob controle, quando a outra pessoa sabe que o problema não está sob controle. E é uma maneira de mostrar para a outra pessoa que o problema sob controle não tem jeito de ser melhorado pela outra pessoa, porque é um problema sob controle particular.
Aí a mãe foi para a cozinha, e a minha cabeça começou a doer.
De modo que o domingo foi um domingo muito ruim e só teve uma coisa boa. E a coisa boa foi que eu estava cansado por quase não ter dormido na noite anterior, de modo que não demorei para pegar no sono quando me deitei. Mas tive um pesadelo, que foi um pesadelo no qual eu estava tocando piano, e os meninos que implicavam comigo e com o Mateus apareciam e me seguravam, e eu via que os meninos que implicavam comigo e com o Mateus tinham uma faca, e os meninos que implicavam comigo e com o Mateus cortavam as minhas mãos enquanto diziam "Boiola" e depois cortavam a minha cabeça. Mas eu não morria e continuava vivendo, só que sentia cada vez mais fome, porque não podia comer. E sabia que sobreviveria nove dias sem a cabeça, porque depois desses nove dias não teria jeito.
Na manhã seguinte, comi o Melhor Cereal do Mundo sem leite, porque o Melhor Cereal do Mundo, que é o Crunch, não precisa de leite. E comi mais do que vinha comendo nas últimas semanas, o que fez a Luzia dizer:
— Eu já estava ficando preocupada com as belas pernas.
E o motivo de eu comer mais do que vinha comendo nas últimas semanas era que eu estava querendo que o tempo passasse depressa para chegar logo ao colégio, porque queria ver o Mateus e falar com o Mateus, embora não soubesse o que diria ao Mateus,

porque não tinha pensado em nada para dizer a ele, porque tinha dormido a noite inteira, de modo que dormir a noite inteira tinha sido um bem que tinha vindo para mal. Mas, apesar de não saber o que diria ao Mateus, eu queria que o tempo passasse depressa, porque era um tipo de agonia não saber o que o Mateus estava pensando e não saber o que o Mateus me diria, porque talvez o Mateus tivesse passado a noite acordado e agora saberia exatamente o que me dizer. E eu sabia que comer o Melhor Cereal do Mundo não faria o tempo passar mais depressa, mas era melhor do que não fazer nada, de modo que a Luzia ficou acendida e disse:

— Estou gostando de ver.

Aí o tempo passou, e cheguei ao colégio, mas o Mateus ainda não tinha chegado. E o sinal de entrada tocou, e o Mateus ainda não tinha chegado. De modo que, quando o Mateus chegou, não pude falar com ele, porque a aula já tinha começado. Mas eu poderia falar com ele em cochicho, se tivesse tido a chance, mas não tive a chance, porque antes que eu tivesse a chance ele se levantou e perguntou:

— Professora, posso trocar de lugar?

E a professora perguntou:

— Por quê?

E senti meu coração ficar um coração de beija-flor, porque imaginei o Mateus dizendo "Porque o André é boiola, porque ele passou a mão no meu pinto enquanto eu estava dormindo". Mas o Mateus não respondeu isso, porque respondeu:

— Eu queria ficar mais perto do quadro.

De modo que o Mateus trocou de lugar com um menino que queria ficar mais longe do quadro, e entendi que a gente nunca mais brincaria de fechar a Cúpula de Trovão e nunca mais jogaria PlayStation e nunca mais conversaria sobre o futuro, que seria uma época melhor para ele. Porque eu tinha estragado tudo.

·······(*No presente*)·······

*O **Erik Satie*** foi um compositor francês excêntrico, que tinha doze ternos de veludo cinza idênticos e fazia coleção de guarda-chuvas e cachecóis e tinha mania de comida branca. Que foram informações que eu aprendi na internet enquanto ouvia o CD que o Maurício tinha me dado de presente, que começava com a primeira música que eu tinha ouvido do Erik Satie, que foi quando o Maurício e eu estávamos conversando pelo telefone, e o Maurício disse "Escute um pouco" e botou o fone perto da caixa de som, e a primeira música que eu tinha ouvido se chamava *Gymnopédie*, que na verdade eram três músicas, porque tinha a *Gymnopédie nº 1* e a *Gymnopédie nº 2* e a *Gymnopedie nº 3*, que eram três partes de uma peça. E toda a peça era realmente linda, de modo que, quando acabava de tocar, eu voltava para o começo do CD e ouvia de novo.

Além de ser realmente linda, a *Gymnopédie* era muito triste, de modo que poderia servir como uma trilha sonora para a vida, se a vida tivesse uma trilha sonora, porque a vida era uma coisa muito triste, porque agora eu não tinha nenhum amigo, porque meu único amigo não falava mais comigo, o que era um direito dele. E a vida era uma coisa muito triste porque eu tinha recebido uma bruta carta caprichada da Fernanda Dias, em que a Fernanda Dias falava da nossa noite de sábado, que tinha sido a mesma noite em que eu tinha passado a mão no pinto do Mateus até o Mateus soltar um gemido alto, que a mãe talvez tivesse ouvido, de modo que eu não merecia a bruta carta caprichada da Fernanda Dias, porque eu não era o que ela pensava, porque tinha alguma coisa realmente errada comigo. E a vida era uma coisa muito triste porque as pessoas escondiam segredos e porque coisas realmente erradas como um gay beijando o rosto de outro gay aconteciam e porque existia a nossa vontade, que era como alguém que nos desse uma ordem que precisava ser obedecida. De modo que a *Gymnopédie* não parava de tocar no meu aparelho de som, e eu ficava acompanhando a música como se estivesse tocando ela nos joelhos.

O Mateus não falava mais comigo nem olhava mais para mim nem respondia aos meus e-mails nem atendia aos meus telefonemas, de modo que eu andava mais desacompanhado do que nunca, porque o Mateus tinha sido a minha companhia sempre que eu precisava falar com alguém e sempre que eu precisava que alguém olhasse para mim e sempre que eu precisava escrever um e-mail para alguém e sempre que eu precisava conversar pelo telefone. E talvez fosse pecado eu dizer que estava desacompanhado, porque eu tinha a mãe e o pai e a Luzia e o Wolfgang e o Johann e a Clementina, mas eu me sentia desacompanhado.

E eu me sentia desacompanhado também porque queria poder falar com alguém sobre algumas coisas que não podia falar com a mãe nem com o pai nem com a Luzia. E, embora fosse verdade que eu podia falar com o Wolfgang e com o Johann e com a Clementina, o Wolfgang e o Johann e a Clementina não poderiam me dar uma resposta. E eu queria uma resposta.

De modo que pensei em telefonar para o Maurício, porque talvez eu pudesse falar com o Maurício e talvez o Maurício fosse a pessoa mais indicada para me dar uma resposta, de modo que baixei o volume do aparelho de som e disquei o número do Maurício. E o Maurício atendeu o telefone e disse:

— Alô.

E me lembrei mais uma vez da fotografia do Maurício beijando o tio Ivan, mas mesmo assim eu disse:

— Maurício.

E o Maurício disse:

— André?

E eu disse:

— Oi.

E o Maurício disse:

— Tudo bem com você?

E eu disse:

— Tudo.

Porque é o que se diz, mesmo quando a gente sabe que a vida é muito triste e mesmo quando a gente sabe que a vida mereceria uma

———(*No presente*)———

trilha sonora como a *Gymnopédie*. Aí notei que eu estava começando a fazer um silêncio sufocante, mas antes que eu fizesse um silêncio sufocante, falei:
— Maurício.
E o Maurício disse:
— O quê?
E perguntei:
— Como a pessoa sabe que é gay?
Mas o Maurício não respondeu à minha pergunta, porque ele fez um silêncio sufocante. De modo que falei:
— Maurício.
E ele disse:
— Por que você não passa aqui amanhã e a gente conversa?
E pensei que não queria ver o Maurício, porque nem sabia se gostava do Maurício, mas pensei que precisava da minha resposta e respondi:
— Tudo bem.
E a gente marcou a minha visita.
E cheguei pontualmente, na hora marcada, porque não existe nada pior do que esperar, e a gente não deve fazer ninguém esperar, mesmo quando a gente não sabe se gosta da pessoa, porque isso não é motivo para fazer ela passar por uma coisa que realmente não existe nada pior.
E o Maurício e eu nos sentamos um de frente para o outro, e perguntei:
— Como a pessoa sabe que é gay?
Aí o Maurício sorriu um sorriso de timidez e abaixou os olhos e perguntou:
— Por que você quer saber isso?
Que era um elemento-surpresa, porque eu não esperava que ele fosse perguntar nada, porque só esperava que ele respondesse à minha pergunta. E respondi:
— Porque sim.

E o Maurício se satisfez com a minha resposta, porque não insistiu. E disse:
— A pessoa sabe que é gay quando sente atração por pessoas do mesmo sexo.

Que era uma coisa que eu sabia, mas gostei da explicação do Maurício, porque a explicação do Maurício era clara. Aí perguntei:
— Como a pessoa sabe que sente atração por pessoas do mesmo sexo?

E o Maurício olhou dentro dos meus olhos e disse:
— Você quer me contar alguma coisa?

E respondi:
— Não.

E o Maurício contou que, quando era pequeno, ele gostava de olhar os meninos mais do que gostava de olhar as meninas, porque os meninos o atraíam, e ele ficava pensando nos meninos, de modo que o Maurício descobriu que sentia atração por pessoas do mesmo sexo. Aí perguntei:
— Você ficava de pinto duro quando pensava nos meninos?

E o Maurício respondeu:
— Ficava.

De modo que eu estava em maus lençóis. Aí perguntei:
— E quando a pessoa também fica pensando numa menina?

E o Maurício demorou para responder e decidiu perguntar:
— Mas a pessoa fica de pinto duro pensando na menina?

E pensei em quando eu brincava de fantasiar que a Fernanda Dias e eu começávamos a namorar e saíamos para o cinema e para o zoológico, e ela ia à minha casa e conhecia o pai e a mãe, e o pai e a mãe gostavam dela. E lembrei que eu não ficava de pinto duro e respondi:
— Não.

— Então talvez ele fique pensando nela porque é nela que todos gostariam que ele pensasse. — Aí o Maurício olhou de novo dentro dos meus olhos e disse: — Inclusive ele.

----(No presente)----

 E era como se os olhos do Maurício estivessem pesando nos meus olhos, de modo que baixei os olhos e fiquei olhando a ponta dos sapatos do Maurício. E notei que os sapatos do Maurício eram iguais aos sapatos de qualquer outro homem, mas pensei que o Maurício não era igual a qualquer outro homem, porque o Maurício era gay, e isso era um segredo tão horrível que todo mundo fazia questão de esconder, porque era uma coisa monstruosa. E perguntei:
— Como a pessoa pode fazer para parar de ser gay?
E o Maurício respondeu:
— Isso não existe.
 De modo que eu já não tinha mais nada para perguntar, porque já sabia tudo, de modo que me levantei do sofá e disse:
— Vou para casa.
 E o Maurício também se levantou do sofá, como alguém que tem realmente pressa porque acabou de lembrar que tinha deixado uma coisa no forno, e o Maurício disse:
— Calma. — Aí o Maurício fez um silêncio sufocante, e vi que o Maurício não sabia o que dizer, que era uma afinidade que nós tínhamos, porque muitas vezes eu também não sabia o que dizer. E o Maurício disse: — Tudo vai ficar melhor. No futuro.
 Que era a mesma coisa que a mãe do Mateus tinha dito ao Mateus, quando o Mateus reclamou que os meninos da escola chamavam ele de nerd. Ou quatro-olho. Mas a mãe do Mateus tinha dado motivos para explicar por que tudo ficaria melhor no futuro, porque o Mateus daria em alguma coisa na vida, que era um profissional bem-sucedido da área de informática, de modo que o Mateus teria dinheiro, que era uma coisa que atraía as pessoas. Mas o Maurício não me deu nenhum motivo para que tudo ficasse melhor no futuro, de modo que perguntei:
— Por que tudo vai ficar melhor no futuro?
 E o Maurício demorou menos de um momento para responder e respondeu:
— Porque o que os outros pensam vai deixar de ter importância.

O único amor do Erik Satie foi uma vizinha dele chamada Suzanne Valadon, que era modelo do Renoir e do Degas, que eram pintores que fizeram parte de um movimento chamado impressionismo, que era um movimento que se concentrava na impressão de um determinado momento, porque a realidade eram muitas realidades e a natureza eram muitas naturezas, dependendo da hora do dia e dependendo dos contrastes da luz do sol naquela hora do dia. E o Erik Satie pediu a Suzanne Valadon em casamento no primeiro dia de namoro deles, mas a Suzanne Valadon acabou se casando com outro homem, porque o namoro dela com o Erik Satie só durou seis meses. De modo que o Erik Satie tinha toda a razão do mundo para compor a *Gymnopédie*.

E eu tinha toda a razão do mundo para ouvir a *Gymnopédie*, porque parecia que eu realmente era gay, porque realmente ficava de pinto duro quando pensava nas bolas e no pinto do Ricardo e quando pensava nas bolas e no pinto do Mateus e quando imaginava as bolas e o pinto de outros meninos, como o Vicente, que me deixava de pinto duro só de sorrir seu sorriso de simpatia. E eu tinha toda a razão do mundo para ouvir a *Gymnopédie*, porque o amor não tinha me salvado, porque pensar na Fernanda Dias não me deixava de pinto duro e pensar em esfregar o meu pinto duro contra a xoxota da Fernanda Dias não me deixava de pinto duro, por mais que eu amasse a Fernanda Dias. E eu tinha toda a razão do mundo para ouvir a *Gymnopédie*, porque estava irritado com a mãe e com o pai e com a tia Lídia e com o Ricardo e com a vó, porque eles tinham guardado um segredo do tio Ivan e não tinham me contado que o tio Ivan e o Maurício eram um casal e não tinham me contado que o tio Ivan tinha morrido de Aids. E eu tinha toda a razão do mundo para ouvir a *Gymnopédie*, porque estava cansado da hora da chamada e cansado da hora do recreio e cansado das aulas de educação física, quando os

(No presente)

meninos que implicavam comigo me chamavam de boiola, de modo que agora eu entendia o Magneto. O Magneto era um mutante do Melhor Desenho Animado do Mundo que tinha poderes enormes de manipulação de campos magnéticos e poderes enormes sobre qualquer tipo de metal. E o Magneto era um judeu que tinha sobrevivido a Auschwitz, que foi um campo de concentração, que eram lugares onde o Hitler prendia as pessoas que tiveram o azar de ser diferentes dele, como os judeus, e muitas dessas pessoas foram exterminadas, mas algumas pessoas sobreviveram, como o Magneto. Só que, com o passar do tempo, o Magneto teve a impressão de que o mundo estava entrando outra vez numa situação parecida com a situação do mundo na época do Hitler, porque os homens agora estavam querendo eliminar os mutantes, de modo que o Magneto decidiu revidar e eliminar os homens, porque o Magneto não acreditava na coexistência pacífica entre homens e mutantes. E o Magneto era considerado um vilão, embora não fosse um vilão, porque ele era uma vítima que não queria ser vítima, o que está certo, porque é realmente difícil a pessoa ficar esperando que os outros mudem de idéia e aceitem a pessoa quando a pessoa pode simplesmente se livrar dos outros usando seus poderes.

E o fato de eu não ter nenhum poder, por não ser um mutante, não queria dizer que eu não podia revidar, porque eu já estava realmente de saco cheio, de modo que, quando um menino que era um dos meninos que implicavam comigo implicou comigo na hora do recreio, me chamando de boiola, não pensei em nada do que poderia acontecer, porque, antes que pudesse pensar em qualquer coisa que poderia acontecer, já estava em cima do menino, batendo nele com toda a força, de modo que foi preciso que outros meninos que estavam por perto viessem nos separar. Mas os meninos custaram a nos separar, porque eu segurava o menino que era um dos meninos que implicavam comigo como se eu segurasse todos os outros meninos que implicavam comigo e eu batia no menino que era um dos meninos que implicavam comigo como se batesse em todos os outros meninos que implicavam comigo. De modo que, quando o menino se levantou, ele estava machucado e sujo.

E foi nessa hora que pensei no que poderia acontecer, porque o que poderia acontecer era realmente péssimo, porque o que poderia acontecer era eu ir parar na sala do diretor, e o diretor chamar o pai e a mãe para contar o que tinha acontecido, de modo que eu teria que explicar por que tinha batido no menino, e o pai e a mãe saberiam que os meninos da escola me chamavam de boiola. E pensei que queria sumir do mundo e existir muito longe de tudo e, quando ninguém estava olhando, saí do pátio do recreio e fui para o banheiro mais afastado do pátio do recreio e fiquei esperando o sinal tocar, fazendo silêncio até para respirar, porque não queria ser incomodado.

E fiz uma promessa, e a promessa era que, se Deus fizesse com que eu não fosse parar na sala do diretor, eu desculparia totalmente a mãe e o pai e o Ricardo e a tia Lídia e a vó por terem guardado um segredo do tio Ivan e por não terem contado para mim que o tio Iván e o Maurício eram um casal e que o tio Ivan tinha morrido de Aids. Porque engoliria a raiva e não deixaria que ela voltasse. E, se Deus fizesse com que eu não fosse parar na sala do diretor, eu chamaria a vó para ir à igreja comigo, porque isso deixaria a vó feliz e porque eu rezaria dez pais-nossos e dez ave-marias.

Quando o sinal tocou, eu estava com enxaqueca. Mas ninguém veio me chamar na sala de aula para que eu fosse à sala do diretor, e o menino que tinha me chamado de boiola não olhava na minha direção, que era como se eu não existisse e como se eu não tivesse batido nele, porque era como se nada tivesse acontecido. E, quando alguém perguntou a ele:

— O que aconteceu, cara?

Ele respondeu:

— Caí, por quê?

De modo que ele tinha decidido não contar sobre a briga para ninguém, e eu teria que pagar a minha promessa.

(No presente)

Uma boa notícia que a vó me deu quando chegou ao nosso apartamento era que ela tinha arranjado uma gata para cruzar com o Wolfgang, de modo que o Wolfgang seria pai. E a outra boa notícia que a vó me deu não era uma notícia, porque era um presente, que eram dois recortes de revista da Melhor Cantora do Mundo para eu botar no Álbum. E os dois recortes de revista eram uma entrevista e uma reportagem, que tinham fotos realmente lindas, de modo que perguntei à vó:
— Você acha que é Photoshop?
E a vó respondeu:
— Garoto esperto.
De modo que não sei se era Photoshop.

Como a mãe e a vó começaram a conversar, não resisti e aproveitei para ler a entrevista da Melhor Cantora do Mundo, embora a minha concentração não estivesse muito concentrada e às vezes eu ficasse prestando atenção na conversa da mãe com a vó, de modo que tinha que reler o que tinha acabado de ler, de modo que levei muito tempo para terminar a entrevista e achei curioso quando a Melhor Cantora do Mundo respondeu como era a rotina dela, porque ela respondeu que era uma rotina comum, quando a gente sabe que a rotina de uma cantora, seja ela ou não a melhor do mundo, não é uma rotina comum. E também achei curioso quando a vó disse para a mãe:
— Sua irmã está me evitando.
Porque ela estava falando da tia Lídia.
De modo que a tia Lídia ainda devia estar chateada com a vó e ainda devia achar que a vó estava caducando. Mas a mãe só disse:
— Daqui a pouco passa.
E elas mudaram de assunto.

Quando a vó e eu chegamos à igreja, rezei dez pais-nossos e dez ave-marias, mas não quis me confessar, porque não saberia por onde começar e não queria que a vó desconfiasse de que eu tinha tantos pecados.

A vó se confessou e depois tomou a hóstia e ficou rezando do meu lado, com o terço enrolado nas mãos. Só que eu não gostava de ver a vó rezando ajoelhada no banco da igreja, porque a vó parecia realmente menor do que era e mais velha. Embora vó seja sempre velha.

Depois de rezar, a vó quis visitar o túmulo do vô e do tio Ivan e perguntou se eu preferia esperar por ela ou se eu preferia que a gente voltasse para casa, porque ela poderia ir ao cemitério outro dia, mas respondi que preferia visitar o túmulo do vô e do tio Ivan com ela, de modo que fomos. E era realmente estranho estar no cemitério pela segunda vez, porque parecia outro cemitério, porque o cemitério agora estava vazio e não tinha o enterro do tio Ivan acontecendo. Aí vi umas lagartixas nos túmulos de concreto e pensei que aquele era o mesmo cemitério.

O túmulo do vô e do tio Ivan era igual à maioria dos túmulos, que era um retângulo com o nome do vô e do tio Ivan. E, quando chegamos em frente ao túmulo do vô e do tio Ivan, foi como se eu estivesse vendo um filme do enterro do tio Ivan acontecendo, porque agora eu me lembrava que a primeira pessoa que tinha jogado terra no caixão do tio Ivan tinha sido o Maurício. E agora eu me lembrava que o Maurício tinha chorado de um jeito como se ele já tivesse existido tempo suficiente e agora já não precisasse mais existir, porque estava cansado de existir. E lembrei que o Maurício não estava usando preto, como a maioria das pessoas, porque o Maurício estava usando uma roupa que parecia uma roupa de ficar em casa, porque era uma roupa esfarrapada.

A vó passou alguns momentos sentada de cabeça baixa no túmulo e depois levantou a cabeça e olhou para mim e passou a mão no túmulo e disse:

— Meus amados.

Que eram o vô e o tio Ivan, porque não tinha mais ninguém enterrado ali. De modo que a vó amava o tio Ivan, embora ela soubesse

──────(*No presente*)──────

o segredo do tio Ivan e soubesse que o tio Ivan e o Maurício tinham sido um casal e soubesse que o tio Ivan tinha morrido de Aids. De modo que pensei que isso era realmente da hora. Aí imaginei que pudesse ser a mãe no lugar da vó e eu no lugar do tio Ivan e imaginei se a mãe diria "Meus amados", caso o pai e eu estivéssemos enterrados no mesmo túmulo, ou se a mãe só diria "Meu amado", porque a mãe não teria me perdoado por eu ser gay, que era uma coisa realmente monstruosa.

E pensei que o tio Ivan também devia ter passado por coisas ruins quando era pequeno e pensei que o Maurício também devia ter passado por coisas ruins quando era pequeno, porque o Maurício tinha dito "Tudo vai ficar melhor. No futuro". E lembrei que o tio Ivan costumava brincar dizendo que ele tinha um cercado de problemas, assim como as pessoas têm um cercado de ovelhas ou um cercado de galinhas ou um cercado de gansos, e o tio Ivan costumava brincar dizendo que ele alimentava os problemas do mesmo jeito que as pessoas alimentam as ovelhas ou as galinhas ou os gansos, e, quando o tio Ivan dizia isso, as pessoas riam, porque as pessoas achavam graça, porque era engraçado, mas talvez o tio Ivan estivesse dizendo uma verdade, porque toda brincadeira tem um fundo de verdade e porque o tio Ivan tinha um segredo realmente monstruoso. De modo que senti uma coisa que era um tipo de afinidade com o tio Ivan e com o Maurício e senti um nó na garganta, porque fiquei com saudade do tio Ivan, e essa saudade não poderia ser morta nunca, porque o tio Ivan e eu nunca mais nos veríamos, a não ser nos sonhos, onde realmente não conta.

Nessa noite, eu não conseguia dormir mais uma vez, porque pensei que era realmente injusto que o tio Ivan estivesse morto, porque eu gostaria de conversar com ele, mesmo que a gente conversasse em silêncio, que é um jeito de se comunicar que, segundo a tia Lídia, é um jeito realmente eficaz. Aí vi que era uma hora da manhã e lembrei que o Maurício tinha dito que dormia tarde e pensei que seria bom conversar com o Maurício, mesmo sem saber o que eu conversaria com o Maurício e mesmo sabendo que conversar em silêncio com o Maurício era uma coisa que não funcionava, porque os nossos silêncios eram sufocantes. Aí disquei o número do Maurício, e o telefone tocou cinco vezes, e a secretária eletrônica atendeu, e a voz gravada do Maurício disse o número do telefone e disse: "Deixe o seu recado depois do sinal." De modo que o Maurício não estava em casa.

Só que eu tinha o número do celular do Maurício e liguei para o celular do Maurício, mas o celular do Maurício estava desligado, porque a ligação caiu direto na caixa de mensagens, de modo que o Maurício devia estar se divertindo em algum lugar, o que era ótimo para ele, mas era realmente péssimo para o tio Ivan, porque o tio Ivan tinha sido um casal com o Maurício e o tio Ivan tinha morrido há pouco tempo demais para o Maurício estar se divertindo em algum lugar à uma hora da manhã, de modo que pensei em telefonar de novo para o apartamento que tinha sido do tio Ivan e que agora talvez fosse do Maurício para deixar um recado realmente irritado como "Você não tem o direito" ou dizer um vocábulo chulo e mandar o Maurício para um lugar realmente ruim. Mas não telefonei.

De modo que me senti desacompanhado. E me senti mais desacompanhado ainda porque o Wolfgang não estava deitado na minha barriga e porque o Wolfgang não estava enroscado ao lado da porta, porque o Wolfgang tinha sido levado pela vó para cruzar, o que era uma boa notícia, mas pensei que seria realmente péssimo para o Wolfgang se o Wolfgang fosse gay, porque agora ele teria uma pressão para namorar a gata que a vó tinha arranjado, de modo que imaginei o Wolfgang acuado num canto e rezei para que ele não estivesse acuado num canto e para que ele não fosse gay, porque o Wolfgang estaria se divertindo e estaria feliz.

Aí me levantei e abri o armário e peguei na gaveta a camisa do touro que tinha sido do tio Ivan, porque queria sentir o cheiro do tio Ivan, mesmo que para sentir o cheiro do tio Ivan eu precisasse pegar

(No presente)

uma camisa que fazia propaganda de uma coisa realmente horrível, da qual a Espanha deveria se envergonhar. E senti que o cheiro do tio Ivan estava ficando fraco.

❦

Quando o Maurício telefonou, na tarde do dia seguinte, respondi "Alô", mas respondi "Alô" de uma maneira que era uma maneira que mostrava que eu não estava com vontade de atender, porque respondi "Alô" de uma maneira antipática. E o Maurício disse:
— Oi, André, você me ligou.
E falei:
— Liguei.
Da mesma maneira antipática que mostrava que eu não estava com vontade de atender.
E o Maurício disse:
— Pois é, meu celular estava desligado, porque passei a noite no hospital.
De modo que o Maurício não estava se divertindo à uma hora da manhã, porque ninguém se diverte num hospital, porque a pessoa seria realmente louca de se divertir num hospital, a não ser que uma parente da pessoa tivesse dado à luz ou que um parente da pessoa tivesse se recuperado de uma doença realmente horrível, porque aí a pessoa se divertiria comemorando, mas seria uma diversão diferente, porque seria uma diversão com um motivo por trás. De modo que falei:
— Ah.
E o Maurício perguntou:
— Você queria conversar?
E respondi:
— Queria. — Mas eu estava fazendo uma associação de idéias, e a associação de idéias era que o tio Ivan tinha morrido de Aids e muitas vezes o tio Ivan tinha ficado no hospital por causa de problemas de

intestino e problemas de pulmão e problemas de pele. De modo que talvez o Maurício tivesse passado a noite no hospital por causa de um problema de intestino ou um problema de pulmão ou um problema de pele, porque talvez o Maurício tivesse Aids. De modo que perguntei: — Você tem Aids?

E pensei que o Maurício tivesse desligado o telefone, porque a linha parecia que tinha ficado muda, porque eu não ouvia nem a respiração do Maurício do outro lado, de modo que falei:

— Maurício.

E o Maurício disse:

— Não, não tenho Aids. Eu estava no hospital por causa de um amigo.

Aí perguntei:

— O seu amigo tem Aids?

E o Maurício respondeu:

— Não, o meu amigo também não tem Aids. O meu amigo fez uma cirurgia para tirar o apêndice.

Que eu não sabia o que era, de modo que perguntei:

— O que é o apêndice?

E o Maurício respondeu:

— É uma droga que não serve para nada.

De modo que era como uma verruga. Ou como um calo.

Aí ouvi que o Maurício tinha botado para tocar uma música e perguntei:

— O que você está ouvindo?

E o Maurício fez a mesma coisa que tinha feito no dia em que me mostrou a *Gymnopédie*, porque o Maurício botou o fone perto da caixa de som. Só que agora não era um pianista que estava tocando, porque era um cantor, e a música era um tipo de samba, só que era um samba calmo. E descobri que o Maurício tinha bom gosto musical, o que queria dizer que o gosto dele era parecido com o meu.

E o Maurício perguntou:

— Conhece?

E respondi:
— Não.
E o Maurício disse:
— Então tem que conhecer.

E o Maurício e eu marcamos que eu iria imediatamente ao apartamento que tinha sido do tio Ivan e que agora era dele para a gente conversar e para eu conhecer o Cartola.

Mas não fiquei conhecendo nada do que se referia à vida do Cartola, porque o Maurício não sabia nada do que se referia à vida do Cartola, de modo que só conheci a música do Cartola. Mas o Maurício perguntou:
— Não basta?
E pensei e respondi:
— Basta.

Eu queria conversar com o Maurício sobre o que tinha acontecido comigo e com o Mateus, porque queria contar ao Maurício que eu tinha tocado as bolas e o pinto do Mateus enquanto o Mateus estava dormindo e que depois o Mateus tinha acordado e eu tinha ficado passando a mão no pinto duro do Mateus até o Mateus soltar um gemido alto, mas era realmente horrível eu ter tocado as bolas e o pinto do Mateus enquanto o Mateus estava dormindo, porque tinha sido sem a permissão do Mateus, de modo que não pude conversar com o Maurício sobre isso, porque senti vergonha, de modo que perguntei ao Maurício:
— Posso fazer uma pergunta?
E o Maurício respondeu:
— Pode.
E perguntei:
— Se você e o tio Ivan são gays, por que tem duas Playboys na gaveta da mesinha-de-cabeceira?
E o Maurício respondeu:
— O seu tio gostava da atriz e da cantora que estão na capa. Mas não que sentisse atração por elas. Ele era fã.

De modo que era como se a Melhor Cantora do Mundo posasse pelada para uma revista de mulher pelada, porque eu certamente pediria para a mãe comprar a revista, porque eu gostaria de ver a Melhor Cantora do Mundo pelada, o que seria da hora.
Aí perguntei ao Maurício:
— Posso fazer outra pergunta?
E o Maurício respondeu:
— Pode.
E perguntei:
— Você gosta de revista de homem pelado?
E o Maurício ficou vermelho, como quando a professora está fazendo a chamada, e a pessoa diz "Presente", e os meninos da turma começam a rir, e a pessoa não sabe onde enfiar a cara. E o Maurício respondeu:
— Gosto.
De modo que eu tinha feito pelo menos uma associação de idéias certa, de modo que a minha inteligência talvez não fosse tão pouca assim.
Aí perguntei ao Maurício:
— Posso fazer outra pergunta?
E o Maurício respondeu:
— Pode.
E perguntei:
— O que é caducar?
E o Maurício respondeu:
— Depende do contexto.
Que eu não sabia o que era. Mas fiquei com vergonha de perguntar, porque eu já estava fazendo perguntas demais. De modo que eu disse:
— Ah.
E o Maurício perguntou:
— Qual é o contexto?
E precisei admitir que eu não sabia o que era contexto, e o Maurício me ensinou que contexto era a situação em que a palavra apa-

———————————(*No presente*)———————————

recia, de modo que expliquei que o contexto era a tia Lídia ter dito "Sua avó está caducando" depois de ter ficado realmente irritada falando com a vó pelo telefone e depois de ter dito várias vezes "Eu não concordo com isso" e depois de o Ricardo ter aparecido correndo no ateliê e ter perguntado "O que foi, mãe?" E expliquei que a irritação da tia Lídia com a vó estava durando muito, porque estava durando desde o dia seguinte ao enterro do tio Ivan, que foi quando ela disse "Sua avó está caducando", e expliquei que eu sabia que a irritação da tia Lídia ainda estava durando porque no dia anterior mesmo a vó tinha dito "Sua irmã está me evitando" para a mãe, que é irmã da tia Lídia e que não tem outra irmã.

Eu já tinha desculpado a mãe e o pai e a tia Lídia e o Ricardo e a vó, porque eu tinha feito uma promessa, e a pessoa que faz uma promessa precisa cumprir a promessa, de modo que eu queria que todos ficassem bem e não brigassem, porque as coisas já são difíceis por conta própria, sem que a gente brigue.

Aí o Maurício explicou que caducar, naquele contexto, provavelmente queria dizer que a vó estava ficando maluca, mas que era uma maneira de dizer, porque a vó não estava ficando maluca de verdade. Porque a vó tinha 67 anos, de modo que era muito velha, mas a vó era inteligente e ainda dirigia e ainda morava sozinha, sem a ajuda de uma enfermeira e sem os companheiros de um asilo, porque a vó morava na casa dela.

De modo que perguntei:

— Por que a tia Lídia diria isso?

E o Maurício respondeu:

— Acho que, se a Lídia não explicou ao Ricardo nem a você, é porque ela não quer que vocês saibam.

Que era uma verdade.

Aí foi a vez de o Maurício fazer uma pergunta, porque senão não seria uma conversa, porque seria uma argüição. E o Maurício perguntou:

— Está tudo bem com você?

Que não era como quando as pessoas perguntam "Está tudo bem com você?" na rua, porque o Maurício não queria ouvir "Está", porque ele queria ouvir a verdade. De modo que respondi:
— Não sei.
E ele ficou em silêncio como se estivesse lembrando alguma coisa ou como se estivesse fazendo uma conta na cabeça, mas que não era uma conta como 3 × 5, porque era uma conta mais difícil, como 3 × 17. E o Maurício perguntou:
— Sabe qual foi a melhor coisa que podia acontecer na minha vida?
E respondi:
— Não.
E o Maurício disse:
— Foi eu ter nascido gay.
E pensei que eu nunca tinha imaginado que a pessoa nascia gay, porque era estranho pensar num bebê gay. E pensei que talvez o Maurício estivesse mentindo, porque não existia um motivo para a pessoa ficar feliz por ser gay, porque ser gay é errado e talvez a mãe e o pai da pessoa nunca perdoassem a pessoa por ser gay, que é um direito deles. Mas o Maurício não parecia estar mentindo, de modo que: A) o Maurício era um bom ator, ou B) o Maurício estava dizendo a verdade. Aí perguntei:
— Por quê?
E o Maurício respondeu:
— Porque vivi muitas coisas com as quais um hétero nem sonharia.
E perguntei:
— O que é um hétero?
E o Maurício respondeu:
— Heterossexual. O homem que gosta de mulher. E a mulher que gosta de homem.
De modo que eram as pessoas normais. E perguntei:
— Que coisas você viveu com as quais um hétero nem sonharia?

——(*No presente*)——

E o Maurício pensou e disse:
— Você ainda é novo, mas um dia vai saber e vai pensar: o Maurício estava certo.
De modo que eu realmente teria que esperar o futuro.
Aí fizemos um silêncio, mas não foi um silêncio sufocante, porque era como se a gente continuasse se comunicando de uma maneira realmente eficaz, porque era como se a gente soubesse que não precisava encher o silêncio de palavras.
Mas já estava ficando tarde, e decidi ir para casa e falei:
— Acho que vou para casa.
E o Maurício disse:
— Me promete uma coisa?
E eu disse:
— Que coisa?
E o Maurício disse:
— Que você vai me ligar sempre que estiver precisando conversar.
E balancei a cabeça, prometendo. Porque achei que era uma promessa realmente útil, porque o Maurício estava me pedindo uma coisa que era uma coisa boa para mim. E o Maurício baixou a cabeça e disse:
— Posso ligar para você quando eu estiver precisando conversar?
De modo que fiquei acendido, porque entendi que aquela era uma coisa que era uma coisa boa dos dois lados, porque era uma coisa boa quando a gente telefonava porque estava precisando conversar e era uma coisa boa quando a gente atendia o telefone e era a outra pessoa precisando conversar.
Aí voltei para casa e, quando passei pelo Vicente, o Vicente sorriu o sorriso de simpatia dele, e eu disse:
— Oi, Vicente.
Antes de o Vicente dizer "Oi, André".
De modo que o Vicente não disse "Oi, André". Porque ele disse:
— E aí, camarada?

(Márcio El-Jaick)

E subi o elevador pensando que o sorriso de simpatia do Vicente era uma coisa que enfeitava a nossa portaria e era uma coisa que eu realmente gostaria que enfeitasse a nossa sala e era uma coisa que eu realmente gostaria que enfeitasse o meu quarto. E notei que eu estava de pinto duro.

Aí entrei em casa e troquei de roupa e sentei de frente para o piano e toquei a *Opus 25 nº 1*, mas não saiu muito bonita, porque eu estava realmente enferrujado e precisava voltar a treinar todos os dias para recuperar o tempo perdido, que é o tempo que a pessoa deixa de fazer uma coisa que não deveria ter deixado de fazer, ou o tempo que a pessoa passa fazendo uma coisa que não deveria ter feito.

O último quadro que o Van Gogh pintou é um quadro que mostra vários corvos voando sobre um campo de trigo, de modo que o quadro se chama *Campo de trigo com corvos*. E parece até uma ironia do destino que o *Campo de trigo com corvos* tenha sido o último quadro que o Van Gogh pintou, porque o Van Gogh tinha pegado emprestada a arma com que ele se matou justamente para assustar os corvos. Mas acho que o destino não deveria ser irônico, porque é realmente cruel, a menos quando a ironia do destino não é uma ironia cruel, porque é uma ironia boa, como o Vicente ter vindo trabalhar no nosso prédio, e Vicente ser um nome que não é um nome comum, e eu gostar muito do Van Gogh, que tem o mesmo nome do Vicente. De modo que quando eu quisesse puxar um assunto com o Vicente, eu poderia perguntar "Você conhece o Van Gogh?"

De modo que fiz isso um dia, quando criei coragem. E o Vicente respondeu:

— Só de ouvir falar.

E perguntei:

— Sabia que o nome do Van Gogh era igual ao seu?

E o Vicente perguntou:

(No presente)

— Vicente?
E respondi:
— Vincent, que é Vicente em holandês.
E o Vicente quis conhecer os quadros do Van Gogh. De modo que levei o livro que tenho do Van Gogh para a portaria e mostrei os quadros e mostrei os auto-retratos e falei:
— Esse é o Van Gogh.
E o Vicente disse:
— Ele não se parece comigo.
Que era uma verdade, porque o Vicente é muito mais bonito do que o Van Gogh.
Mas o Vicente achou os quadros do Van Gogh "irados", que é outra maneira de dizer da hora.

E o Vicente e eu conversamos sobre outras coisas que não era o Van Gogh, e descobri que o Vicente tinha um irmão e duas irmãs e descobri que a mãe do Vicente tinha morrido quando o Vicente ainda era pequeno e descobri que o Vicente e o irmão e as duas irmãs não se davam bem com o pai, porque o pai era um bêbado que adorava arranjar confusão, e descobri que o Vicente tinha uma namorada, de quem não perguntei o nome, porque realmente não queria saber.

Mas descobri que o Vicente podia ser meu amigo, porque é possível a pessoa ser nossa amiga mesmo quando a pessoa tem um sorriso de simpatia que parece iluminar a portaria, e mesmo quando a pessoa não quer o que a gente gostaria que a pessoa quisesse, porque a pessoa não é gay, de modo que a gente nunca vai passar por uma situação de mamihlapinatapai com a pessoa. De modo que a gente só pode ser amigo da pessoa, mas isso também pode ser da hora, porque é bom ficar na companhia da pessoa.

Ainda mais quando o nosso melhor amigo, que na verdade é o nosso único amigo, agora é um ex-melhor amigo, porque o nosso melhor amigo não fala mais com a gente, mesmo quando a gente tenta uma nova aproximação, porque o nosso melhor amigo está chateado de um jeito que não tem remédio.

E mesmo que a gente fique brincando de fantasiar que a pessoa está gostando da gente da mesma maneira que a gente gosta da pessoa e que a pessoa pede para namorar com a gente e convida a gente para o cinema e convida a gente para passear, e a gente convida a pessoa para o nosso quarto e beija o rosto da pessoa e toca as bolas e o pinto da pessoa. E mesmo que a gente faça a maior besteira do mundo e escreva várias vezes o nome da pessoa no nosso caderno, de modo que a nossa mãe possa ver aquilo, que foi o que aconteceu, porque eu estava tentando estudar para a prova de matemática, mas não conseguia concentrar meus pensamentos no livro de matemática, porque não gosto de matemática, e peguei o caderno e arranquei uma página em branco e fiquei rabiscando a página em branco e comecei a escrever o nome do Vicente, de modo que escrevi várias vezes *Vicente Vicente Vicente Vicente Vicente Vicente Vicente Vicente Vicente Vicente Vicente Vicente Vicente Vicente Vicente Vicente Vicente*, o que era realmente idiota, porque era uma coisa sem objetivo.

E a mãe entrou no meu quarto e despenteou o meu cabelo e leu a página que estava escrita com o nome do Vicente, de modo que a mãe perguntou:

— O que é isso?

E tentei pensar rápido numa saída e achei a saída e respondi:

— É o nome do Van Gogh em português.

E a mãe sentou na cama, e vi que as mãos dela tremiam, e a mãe disse:

— André, nós precisamos conversar.

De modo que a mãe sabia, porque ela devia ter lido o BICHINHA do caderno e devia ter entendido que o arranhão da minha perna tinha relação com o BICHINHA do caderno e devia ter ouvido o gemido alto do Mateus. E agora a mãe tinha lido o nome do Vicente escrito várias vezes na página que antes tinha estado em branco, de modo que ela sabia, de modo que falei:

— Eu sei.

E a mãe tapou o rosto e começou a chorar.

─────(No *presente*)─────

E pensei que talvez eu devesse despentear o cabelo dela e talvez eu devesse dizer "Vai ficar tudo bem", mas achei que eu não tinha o direito, porque eu era responsável pelo choro da mãe, porque eu tinha um segredo monstruoso, que agora a mãe precisava guardar, como tinha guardado o segredo do tio Ivan. E pensei que talvez eu devesse pedir desculpa, de modo que falei:
— Desculpa. — E falei: — Eu não queria ser gay.

E a mãe olhou para mim com os olhos bem estragados de lágrimas e olhou para mim como se tivesse recuperado a memória depois de ter passado vários dias sem memória e perguntou:
— O quê?

E notei que eu também estava tremendo e falei:
— Eu não queria ser gay. Mas a pessoa nasce gay.

Só que a minha voz saiu bem tremida, de modo que a mãe perguntou de novo:
— O quê?

E comecei a chorar e falei:
— Eu não queria ser gay, mas a pessoa nasce gay.

E a mãe tapou a boca com a mão e disse:
— André.

E nós ficamos assim durante alguns momentos, porque eu não conseguia parar de chorar e a mãe não conseguia parar de tapar a boca com a mão. Até que eu disse:
— Desculpa.

Mais uma vez. Porque era a única coisa que eu conseguia pensar em dizer.

E a mãe se levantou, e pensei que a mãe fosse sair do quarto ou que a mãe fosse me bater pela primeira vez, o que era um direito dela, mas a mãe me abraçou e perguntou:
— Por que você acha isso?

E respondi:
— Porque sinto atração por pessoas do mesmo sexo, que são os meninos.

E a mãe encostou a boca no meu cabelo, como se fosse beijar o meu cabelo, mas não beijou o meu cabelo e disse:
— Meu Deus.
E eu disse:
— Desculpa.
E ela beijou o meu cabelo e disse:
— Vai ficar tudo bem.
Embora a mãe chorasse como uma pessoa que não sabe que vai ficar tudo bem.
E falei:
— Vai, sim.
Para tranqüilizar a mãe.
E fizemos um silêncio que era um silêncio de quando as duas pessoas estão pensando a mesma coisa, que era a coisa que tinha acabado de acontecer, de modo que repassei na cabeça tudo que tinha acontecido e desconfiei de que a mãe não soubesse que eu era gay, porque achei que ela tinha ficado surpresa. De modo que perguntei:
— Você não sabia?
E a mãe respondeu:
— Não, desculpa.
Mas não entendi por que ela estava pedindo desculpa, porque não era culpa dela não saber, porque eu mesmo tinha tentado esconder que era gay. De modo que perguntei:
— Desculpa por quê?
E a mãe respondeu:
— Por eu ter andado desatenta.
Aí pensei em tocar para a mãe a *Memphis Stomp*, do David Grusin, que é um compositor americano que compõe trilhas sonoras que fazem muito sucesso, de modo que o David Grusin é reconhecido em vida, ao contrário do Van Gogh, que não foi. E pensei em tocar para a mãe a *Odeon*, do Ernesto Nazareth, que foi um compositor brasileiro que fez muitas músicas realmente lindas e morreu em 1934, que foi exatamente o ano em que o David Grusin nasceu, o que é

(No presente)

uma bruta coincidência. E pensei em tocar para a mãe a *Memphis Stomp* e a *Odeon* porque a *Memphis Stomp* e a *Odeon* costumavam deixar a mãe acendida.

Mas lembrei que a mãe tinha dito "André, nós precisamos conversar", e a conversa que nós precisávamos ter não era sobre eu ser gay, como eu tinha imaginado, porque ela não sabia que eu era gay, de modo que a conversa que nós precisávamos ter era sobre outra coisa, que eu ainda não sabia qual era, de modo que perguntei:

— Sobre o que a gente precisava conversar?

E a mãe sentou na cama, no mesmo lugar onde tinha sentado da primeira vez, como se aquele fosse o lugar certo para ela falar para mim sobre o que a gente precisava conversar. E a mãe ia começar a falar, mas então não falou nada, porque ficou em silêncio, como se tivesse engasgado com as palavras. Aí disse:

— Talvez seja melhor nós conversarmos outro dia.

E perguntei:

— Por quê?

E ela respondeu:

— Porque já tivemos o bastante por hoje.

E a mãe sorriu um sorriso que não era nem um sorriso de simpatia nem um sorriso de alegria.

E falei:

— Vamos conversar hoje.

De modo que a mãe tomou fôlego, como se estivesse numa piscina e quisesse dar várias braçadas debaixo d'água, de modo que precisava encher os pulmões de ar. E a mãe disse:

— O seu pai e eu.

E baixou a cabeça.

E achei que ela fosse continuar a falar, mas ela não continuou, porque passaram alguns momentos, e a mãe ainda estava de cabeça baixa, de modo que perguntei:

— O que têm o pai e você?

E a mãe levantou a cabeça, e vi que os olhos dela estavam estragados de lágrimas outra vez, e a mãe cochichou como se não quisesse que nem eu ouvisse. E a mãe disse:

— Nós vamos nos separar.

Mas demorei muito tempo para entender o que ela estava dizendo, porque não conseguia juntar "O seu pai e eu" e "Nós vamos nos separar", porque minha inteligência era realmente pouca, e eu não conseguia entender quem era "nós", porque achei que "Nós vamos nos separar" era uma frase que não tinha relação com "O seu pai e eu". De modo que fiquei olhando para a mãe com a esperança de que ela decidisse dizer mais alguma coisa, que fizesse tudo ficar compreensível. Mas a mãe não disse nada, de modo que perguntei:

— Vocês vão se separar?

Que era uma pergunta que eu nem sabia que poderia fazer, porque só entendi que o pai e a mãe iam se separar depois que fiz a pergunta, de modo que era realmente louco.

E, quando entendi que o pai e a mãe iam se separar, era como se eu continuasse não entendendo, porque era como se aquilo não estivesse acontecendo, porque era como se estivesse acontecendo com outra pessoa ou como se estivesse acontecendo dentro de um filme. Só que aquilo não estava acontecendo com outra pessoa e não estava acontecendo dentro de um filme, porque estava acontecendo comigo, na vida real.

Aí perguntei:

— Por quê?

E a mãe olhou para o lado, como se estivesse procurando uma resposta, e pensei que, se era tão difícil achar uma resposta, talvez não existisse realmente um motivo para eles se separarem. Mas a mãe respondeu:

— É complicado, André.

Que era uma resposta fraca, que mereceria uma nota realmente baixa se isso fosse uma argüição. E era uma resposta que não me dava condições de discutir, porque era uma resposta que informava

a mensagem de que não tem jeito, o que era realmente péssimo e inacreditável, de modo que eu queria insistir e perguntei:
— Não tem jeito?
E a mãe sacudiu a cabeça e disse:
— Não.
E pensei que era péssimo e inacreditável, porque a nossa vida acabaria, porque agora seria uma vida diferente. E perguntei:
— Eu vou morar com quem?
E a mãe enxugou as lágrimas e respondeu:
— Com quem você preferir, mas eu gostaria que fosse comigo. Aqui no apartamento.
Aí perguntei:
— E o pai vai morar onde?
Porque o pai não era uma pessoa que podia morar em qualquer lugar, porque o pai é contra muitas coisas, como prédios que aceitam cachorros que fazem barulho. E pensei que estava chegando a época das eleições e o pai é contra carros de propaganda eleitoral, de modo que imaginei o pai sozinho num apartamento, num prédio que aceitava cachorros que fazem barulho, ouvindo as propagandas eleitorais dos carros de propaganda eleitoral, e achei que seria realmente horrível para ele. Mas a mãe disse:
— Seu pai arranjou um apartamento ótimo, que você vai adorar.
De modo que fazia tempo que o pai e a mãe tinham tomado a decisão. De modo que eu não podia fazer nada. De modo que comecei a chorar.
E a mãe me abraçou de novo e disse:
— Vai ficar tudo bem.

&

O tio Ivan dizia que a gente precisa ter dias realmente ruins, porque senão, quando a gente tivesse dias realmente bons, a gente não saberia que aqueles dias eram dias realmente bons, porque a gente não teria com o que comparar aqueles dias e a gente não daria valor a eles. Mas acho que, se eu tivesse só dias normais e dias realmente bons, eu saberia que os dias realmente bons eram dias realmente bons, porque compararia eles aos dias normais. De modo que eu preferia nunca ter dias realmente ruins.

E um dia realmente bom pode ser um dia que a gente passa numa cidade que a gente não conhecia, ou um dia que a gente passa fazendo uma coisa que a gente adora, ou um dia em que nada de incrível acontece, mas a gente está se sentindo bem, porque a gente não pensou em nada como porcos e anchovas e a gente só aproveitou um momento depois do outro sem que nada nos incomodasse. Mas o melhor dia realmente bom é o dia realmente bom em que alguma coisa acontece, como o dia em que o Cartola chegou à nossa casa.

Porque eu realmente não estava esperando ganhar o Cartola, porque isso nem tinha passado pela minha cabeça, de modo que foi uma surpresa, porque eu estava com os pensamentos concentrados na aula da Dona Nilze, tocando a *Gymnopédie* enquanto a mãe lia o jornal no sofá. E foi uma aula realmente ótima, porque, no fim da aula, a Dona Nilze disse:

— Este é o André que eu conheço.

Porque eu tinha conseguido recuperar o tempo perdido e tinha conseguido me desenferrujar. De modo que isso me deixou acendido, porque era realmente da hora quando a Dona Nilze elogiava a pessoa, porque a pessoa se sentia especial, porque a Dona Nilze só elogiava a pessoa quando a pessoa realmente ficava merecedora do elogio.

Quando a aula estava terminando, o interfone tocou, e a Luzia atendeu e disse para a mãe:

— É a Dona Vitória.

De modo que era a vó.

E a Dona Nilze e eu guardamos as partituras do Erik Satie, e a vó entrou na sala e me entregou o Cartola e disse:

— Para você, meu amor.

······(*No presente*)······

De modo que fiquei realmente sem saber o que dizer, porque o Cartola era uma bolinha de pêlos que miava muito baixo e que precisava de toda a proteção do mundo. E eu estava para lá de acendido, de uma maneira que era como se eu pudesse estourar a qualquer instante, porque era como se o meu corpo fosse pequeno demais para o que eu estava sentindo, de modo que era quase um tipo de aflição, mas um tipo de aflição bom.

Quando o Wolfgang chegou para saber o que estava acontecendo e viu o Cartola, não sei se ele soube quem era o Cartola, porque aquela era a primeira vez que o Wolfgang via o filho. Aí o Cartola começou a brincar com o Wolfgang, e o Wolfgang ficou parado no mesmo lugar e não saiu de perto, de modo que talvez ele soubesse, porque talvez um pai sempre saiba. E a vó perguntou para mim:
— Como ele vai se chamar?
E pensei e respondi:
— Cartola.
E fiquei brincando com o Wolfgang e com o Cartola, enquanto a mãe e a vó conversavam. E ouvi a vó dizer:
— Amanhã é a audiência.
E a mãe disse:
— Eu sei.
E a vó disse:
— Sua irmã agora não fala comigo.
E a mãe disse:
— Mamãe.
E a vó disse:
— O quê?
E a mãe suspirou um suspiro rápido e disse:
— Eu concordo com a Lídia.
E a vó disse:
— O quê?
E a mãe disse:
— Eu acho que você está errada.

E a vó ficou realmente surpreendida e disse:
— É um direito meu, por lei.
E a mãe disse:
— Foi o desejo do Ivan.

E a vó abaixou a cabeça e começou a sacudir os ombros, de modo que pensei que a vó estivesse passando mal, mas a vó estava chorando. De modo que parei de brincar com o Wolfgang e com o Cartola e fui até o sofá onde a vó estava sentada e abracei a vó, porque é o que se faz. E a vó olhou para mim e perguntou:
— Tudo bem, meu amor?
E respondi:
— Tudo.
E a vó decidiu que ia para casa, porque disse:
— Acho melhor eu ir.
E a mãe disse:
— Mamãe.
E a vó se levantou e disse:
— Amanhã nos falamos.

E a mãe se levantou e abraçou a vó, de modo que a mãe não estava irritada com a vó, como a tia Lídia estava irritada com a vó, o que era bom, porque a vó é mãe dela e é minha vó.

Quando a vó foi embora, perguntei à mãe:
— Qual foi o desejo do tio Ivan?
E a mãe olhou dentro dos meus olhos e respondeu:
— Deixar o apartamento dele para o Maurício.
E perguntei:
— O que é um direito da vó, por lei?
E a mãe continuou olhando dentro dos meus olhos e respondeu:
— Metade do apartamento do tio Ivan.

De modo que era tudo realmente complicado, porque não era simples, porque eu entendia a tia Lídia ficar irritada com a vó e dizer que a vó estava caducando, mas também entendia a vó querer o que era um direito dela, por lei.

―――(*No presente*)―――

 De modo que foi um tipo de alívio quando a mãe apontou para o Cartola e disse:
— Acho que ele está querendo brincar.
 E a mãe sorriu um sorriso que talvez fosse um sorriso de alegria. E nós começamos um momento de brincar com o Cartola e com o Wolfgang, de modo que voltei a ficar acendido, embora eu soubesse que aquele momento acabaria. Porque tudo na vida acaba, de modo que o dia acaba, e a semana acaba, e o mês acaba, e o ano acaba, e até a gente acaba, porque existe o dia em que a gente morre, que para o Van Gogh foi 29 de julho de 1890, e para o Mozart foi 5 de dezembro de 1791, e para o Bach foi 28 de julho de 1750, e para a Clementina de Jesus foi 19 de julho de 1987, e para o Gandhi foi 30 de janeiro de 1948, e para o Erik Satie foi 1º de julho de 1925, e para o tio Ivan foi 15 de abril de 2008, e não sei qual vai ser o dia da minha morte, porque a morte é uma certeza, mas é uma certeza com elementos-surpresa, porque a gente não sabe o dia e a gente não sabe do que vai morrer. De modo que é bom a pessoa não ficar realmente pensando nisso e não ficar preocupada com isso, porque é uma coisa que vai acontecer no futuro, que, no meu caso, é um futuro que vai vir depois do futuro que vai ser uma época melhor para mim, que é uma época que eu realmente gostaria que chegasse logo, embora eu saiba que não é dessa maneira que as coisas funcionam, porque cada coisa tem o seu tempo, e o futuro vai ter o tempo dele, porque a gente ainda está no presente.

leia também

FAZ DUAS SEMANAS QUE MEU AMOR
E OUTROS CONTOS PARA MULHERES
Ana Paula El-Jaick

Prosa direta, redonda, envolvente, permeada de inteligência e bom humor. Assim se define este livro de Ana Paula El-Jaick. Em contos curtos e irreverentes, a autora fala do cotidiano de mulheres que amam, desiludem-se, enfrentam preconceito, descobrem-se, camuflam-se, divertem-se, transmutam-se. Leitura cativante.
REF. 30046   ISBN 978-85-86755-46-0

UM ESTRANHO EM MIM
Marcos Lacerda

Este romance nos conta a história de Eduardo, um bem-sucedido médico de meia-idade, e do seu amor por Alexandre, um garoto de 17 anos. Ousado e longe dos moralismos tradicionais, *Um estranho em mim* é um mergulho na alegria, no desespero, no abandono e na dor de quem já experimentou o que é amar – e perder.
REF. 30045   ISBN 978-85-86755-45-3

MATÉRIA BÁSICA
Márcio El-Jaick

"Eu, 39 anos, ex-combatente de muitas guerras perdidas, jornalista experiente, cínico contumaz, colecionador de historietas, um Grande Amor deixado para trás, muitas aventuras impronunciáveis, viajado, calejado, agora agarrado à desilusão como a um porto seguro supremo. Eu, encantado a ponto de sentir a formação de despenhadeiros por um menino de 22 anos, candidato a estagiário, com sorridentes olhos castanhos. Lamentável." Assim se define o protagonista deste romance ágil e inteligente. Leitura imperdível.
REF. 30042   ISBN 978-85-86755-42-7

O TERCEIRO TRAVESSEIRO
Nelson Luiz de Carvalho

Baseado em fatos reais, este romance desafia rótulos e hipocrisias, revelando os meandros de consciência de Marcus, um jovem comum da classe média paulistana. Com o melhor amigo Renato, descobre o amor e compreende que os dois precisarão encontrar o equilíbrio entre o que sentem e o que a família e a sociedade esperam deles, até que um terceiro personagem aparece.
REF. 30043   ISBN 978-85-86755-43-9

IMPRESSO NA
sumago gráfica editorial ltda
rua itauna, 789 vila maria
02111-031 são paulo sp
telefax 11 **2955 5636**
sumago@terra.com.br

------ recorte aqui ------

NO PRESENTE

edições GLS

CADASTRO PARA MALA-DIRETA

Recorte ou reproduza esta ficha de cadastro, envie completamente preenchida por correio ou fax, e receba informações atualizadas sobre nossos livros.

Nome: _____ Empresa: _____
Endereço: ☐ Res. ☐ Coml. _____ Bairro: _____
CEP: ____-____ Cidade: _____ Estado: _____ Tel.: (___) _____
Fax: (___) _____ E-mail: _____
Profissão: _____ Professor? ☐ Sim ☐ Não Disciplina: _____ Data de nascimento: _____

1. Você compra livros:
☐ Livrarias ☐ Feiras
☐ Telefone ☐ Correios
☐ Internet ☐ Outros. Especificar: _____

2. Onde você comprou este livro? _____

3. Você busca informações para adquirir livros:
☐ Jornais ☐ Amigos
☐ Revistas ☐ Internet
☐ Professores ☐ Outros. Especificar: _____

4. Áreas de interesse:
☐ Astrologia ☐ Literatura, Ficção, Ensaios
☐ Atualidades, Política, Direitos Humanos ☐ Literatura erótica
☐ Auto-ajuda ☐ Psicologia
☐ Biografia, Depoimentos, Vivências ☐ Religião, Espiritualidade,
☐ Comportamento ☐ Filosofia
☐ Educação ☐ Saúde

5. Nestas áreas, alguma sugestão para novos títulos? _____

6. Gostaria de receber o catálogo da editora? ☐ Sim ☐ Não

Indique um amigo que gostaria de receber a nossa mala-direta

Nome: _____ Empresa: _____
Endereço: ☐ Res. ☐ Coml. _____ Bairro: _____
CEP: ____-____ Cidade: _____ Estado: _____ Tel.: (___) _____
Fax: (___) _____ E-mail: _____
Profissão: _____ Professor? ☐ Sim ☐ Não Disciplina: _____ Data de nascimento: _____

Edições GLS
Rua Itapicuru, 613 7º andar 05006-000 São Paulo - SP Brasil Tel. (11) 3862-3530 Fax (11) 3872-7476
Internet: http://www.edgls.com.br e-mail: gls@edgls.com.br

cole aqui

------- dobre aqui -------

CARTA-RESPOSTA
NÃO É NECESSÁRIO SELAR

O SELO SERÁ PAGO POR

AC AVENIDA DUQUE DE CAXIAS
01214-999 São Paulo/SP

------- dobre aqui -------